用九柑仔店

2

聽見發芽的聲音

阮光民

= 目次 =

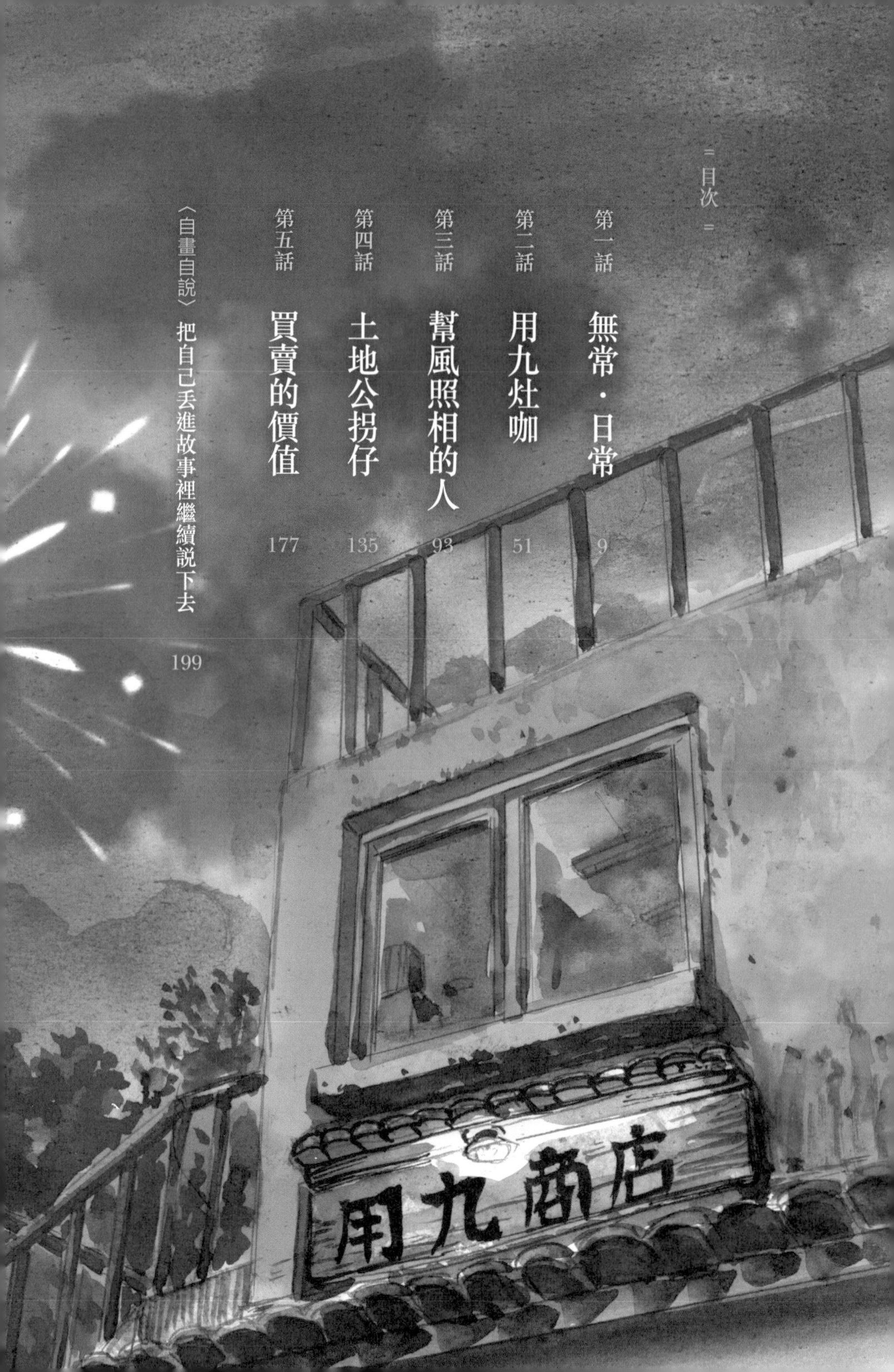

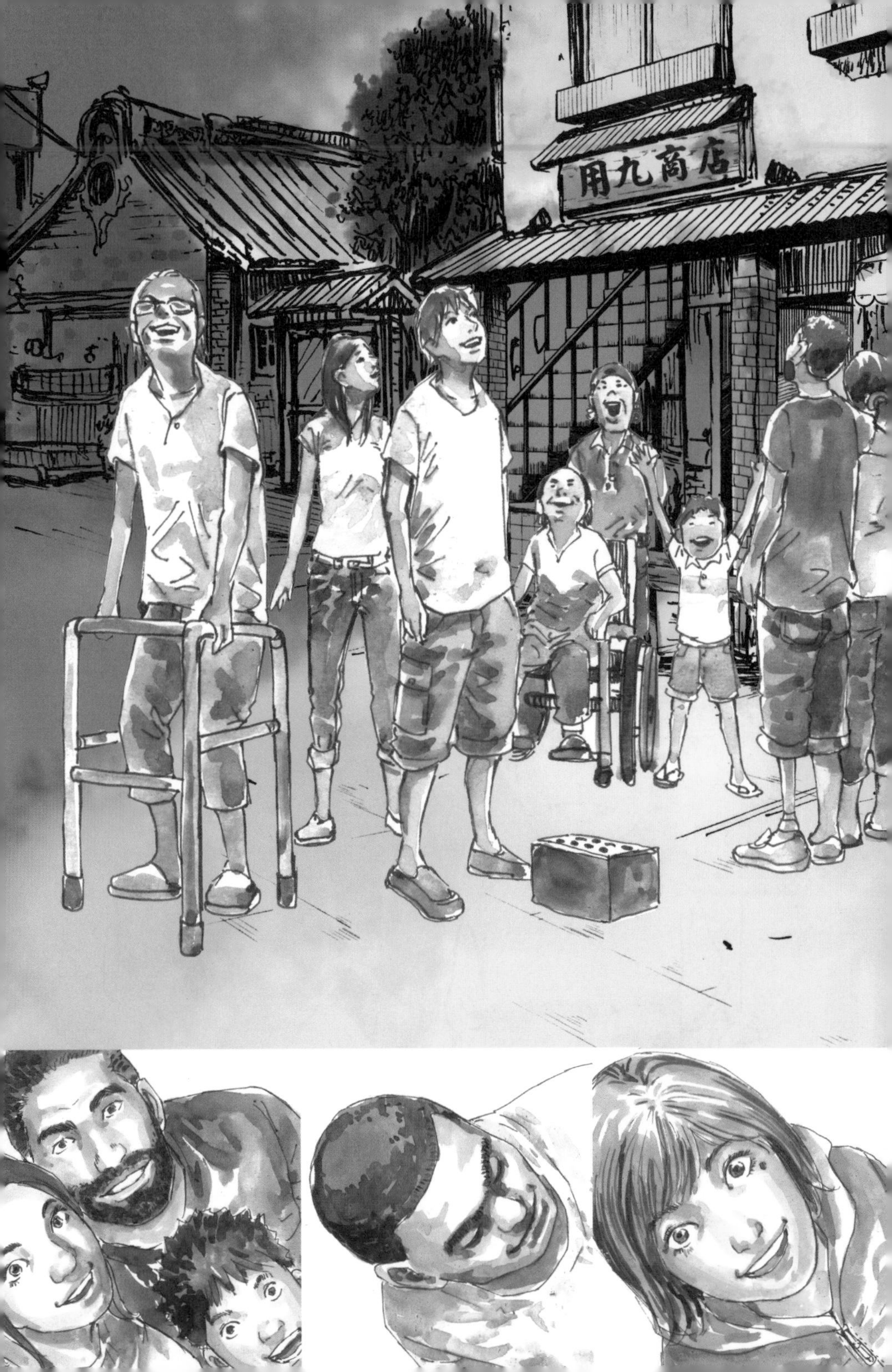
用九商店

用九商店
新開幕

用九商店

用九商店
用九商店
新開幕
用九商店

第一話。

無常・日常

只要眼睛有睜開，就沒有什麼是度不過的。

沙！
唔！
大水蟻。
要下雨了。

秋天葉子掃不完吧。
掃完的那天也差不多入冬了。
阿公怎麼不多睡一下？
我之前都睡五個月了，還叫我睡。
不用煩惱，我的體力我自己清楚。
喀！
喀！
喀！

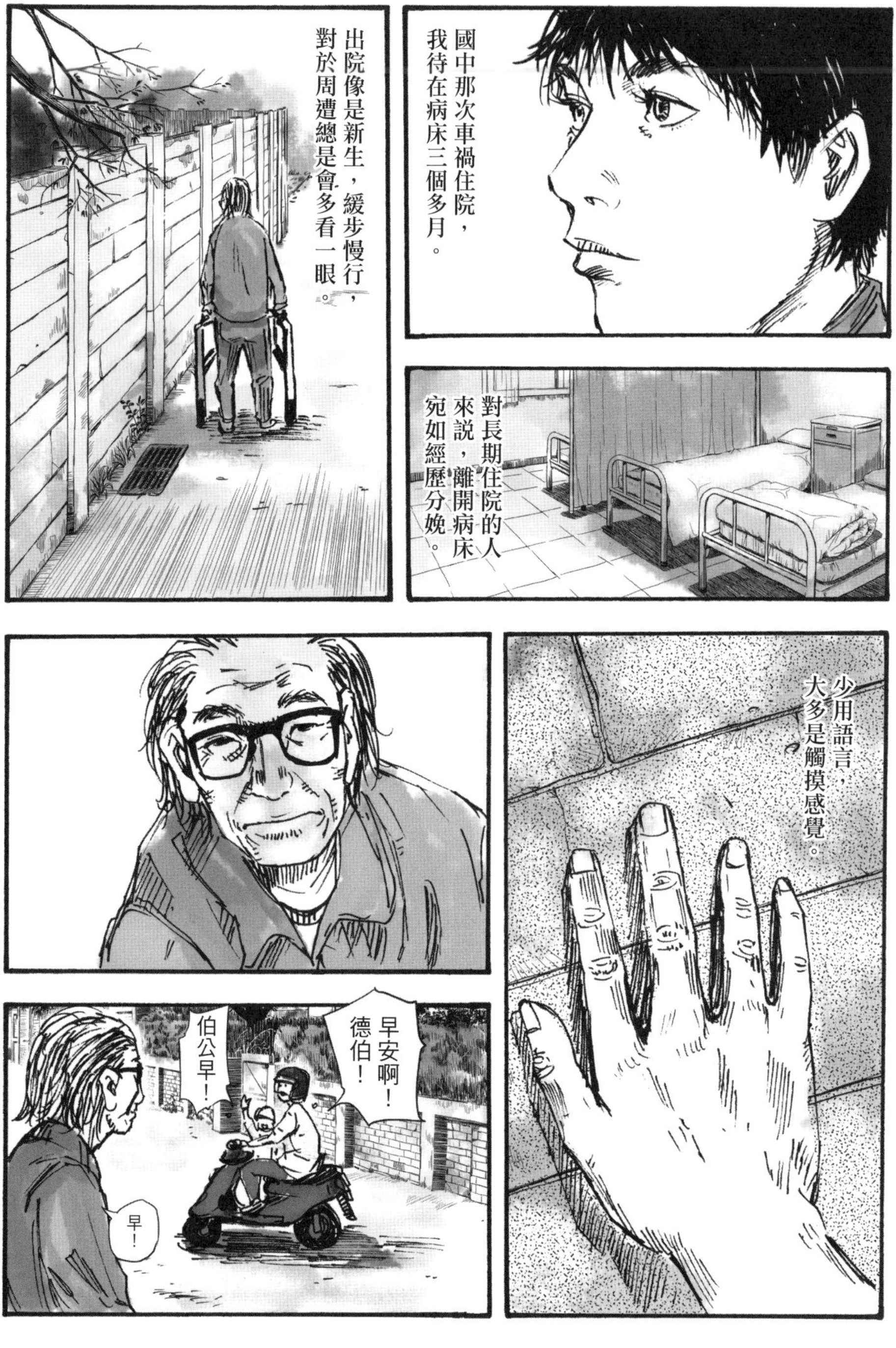
國中那次車禍住院，
我待在病床三個多月。
對長期住院的人
來說，離開病床
宛如經歷分娩。
出院像是新生，緩步慢行，
對於周遭總是會多看一眼。
少用語言，
大多是觸摸感覺。
早安啊！
德伯！
伯公早！
早！

阿公，早餐好了！
好——
畢竟，離開日常有一大段時間了。
唔！

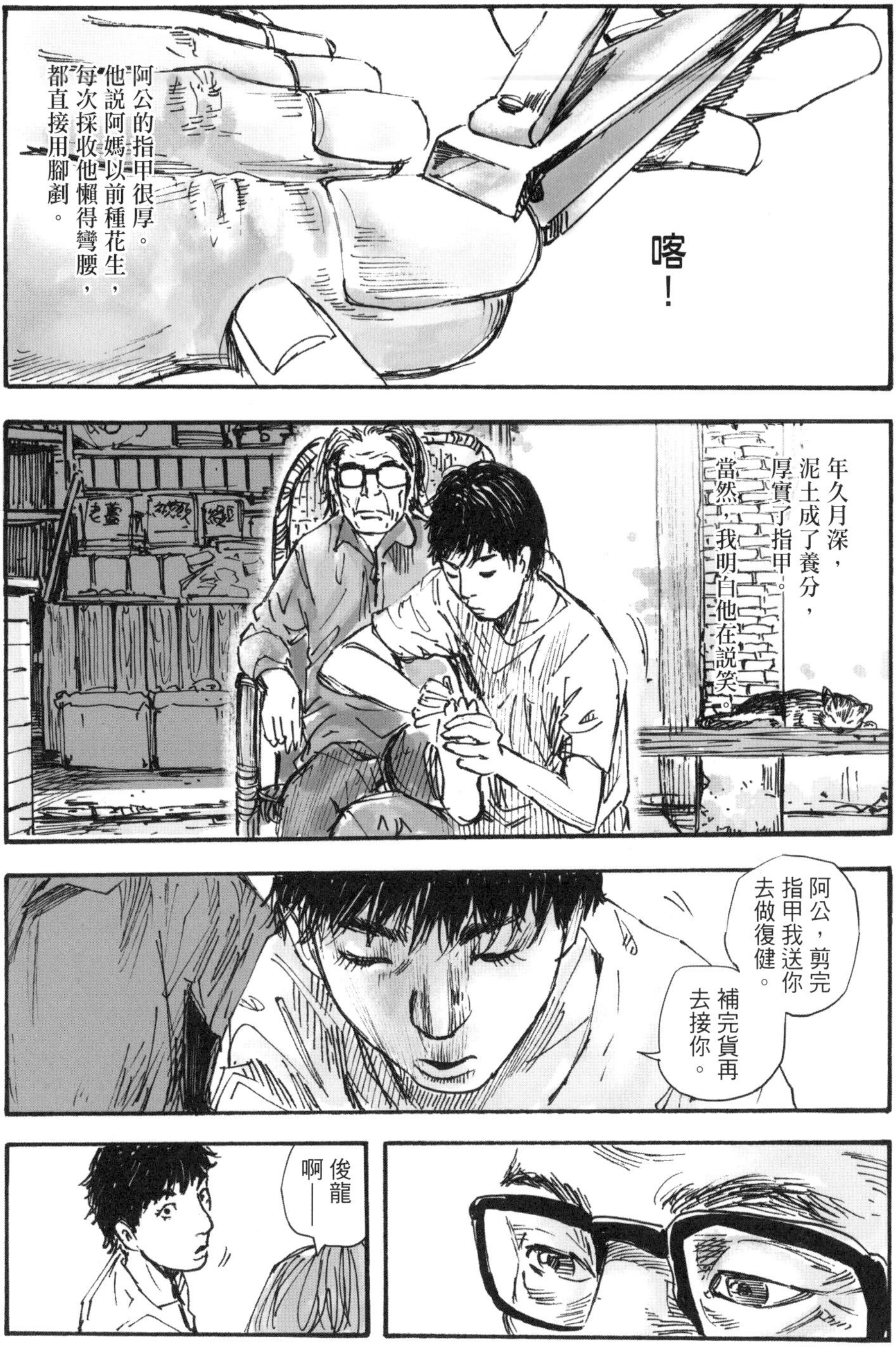

喀！
阿公的指甲很厚。
他說阿媽以前種花生，
每次採收他懶得彎腰，
都直接用腳剷。
年久月深，
泥土成了養分，
厚實了指甲。
當然，我明白他在說笑。
阿公，剪完指甲我送你去做復健。
補完貨再去接你。
俊龍啊——

謝謝你喔！
幹麼謝啦！很怪耶。

……
昭君！買沙拉油喔——
嗯！是，是啊！
你管人家買什麼！老豬哥！
哎喲！打個招呼咩——
打招呼，啊你有跟我招呼過早餐吃什麼嗎？
還不是恁祖媽招呼你吃穿！
水昆要去田裡喔？
對啊！新聞不是說有風颱要來。

吼——阿德你昏迷頭髮還繼續長耶。
哈！
揹！我也來昏迷看看。
快把菜採收，不然種的都送給天公伯吃了。
幫我準備一箱飲料吧。
欠打喔！老說無腦的話！
哎喲！說笑的啦——
話說回來，我也算因禍得福——

失去五個多月，
換到一個離家十幾年的孫子。

還有這家新的柑仔店。

用九商店

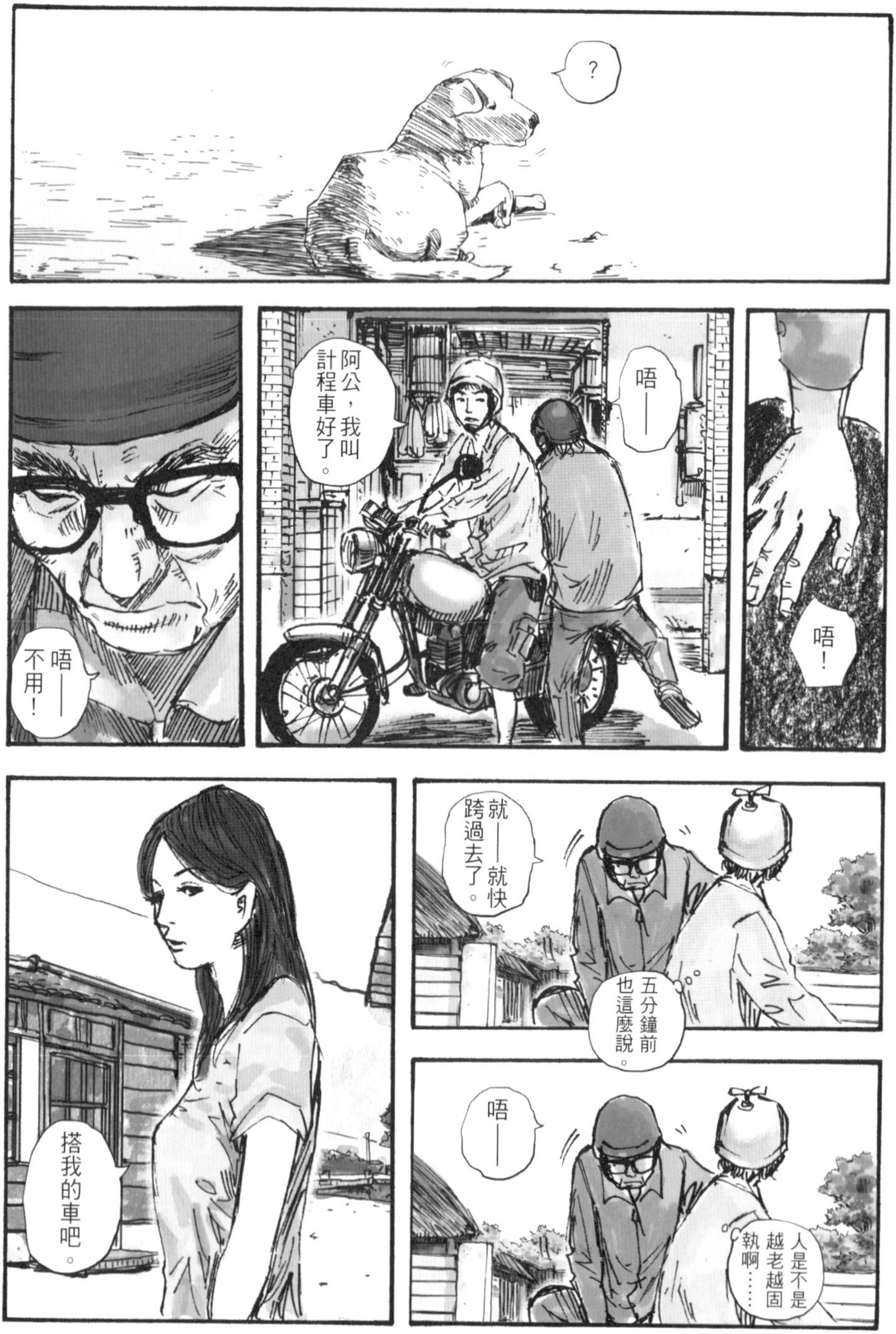
？
唔！
阿公，我叫計程車好了。
唔——
唔——不用！
就——就快跨過去了。
五分鐘前也這麼說。
唔——
人是不是越老越固執啊……
搭我的車吧。

不用拉那麼緊，你怕就騎機車吧。
……
蝸牛先生在幹麼？
他在晒書。
晒書？
秋天吹東北風。
春末還有秋初溼氣較重，屋內容易受潮。

書也要透透氣，晒晒太陽啊！
媽媽爸爸不住一起了
喀！

哈囉！館長，有你的信喔！
順便來還書。

館長，這裡的書你都看過嗎？
十之八九。
喔喔喔！好厲害！
妳不用送信嗎？
呃——沒有急件啦。
新蓋的柑仔店很不錯吧！
現在連免費WIFI都有了耶！
嗯！俊龍對柑仔店的走向滿有想法的。
這堆童書跟繪本晒完就放到柑仔店二樓。
你不怕書被小鬼翻壞喔？

書的價值在於被翻閱，不是陳列。
好帥！連說的話都那麼帥——
可以的話我最想翻你啦。
這可是你課堂上說的……
妳很熱嗎？臉很紅。
唔！
是風啦！秋風引起的過敏症狀。
觀其書如觀其人，我直接看人比較實在……
啊——好害羞！

謝謝！
還麻煩妳繞路陪我去補貨。
在夜市做生意。
我猜，
一天之中妳最喜歡晚上吧。

在夜市和陌生人交談，
比和陌生的親人相處自在得多。
你現在店重新開張了，然後呢？
地有了，再慢慢思考種些什麼吧。
嗯……
嗯……

路邊停一下！我看到田裡有異象！
大鼻芬！
唔？
你在偷摘高麗菜喔！
屁啦！不要看到黑影就開槍啦！
臨時工？
對啦！水昆伯找人幫忙採收。
我加減賺點私房錢啊！

你們怎麼會出雙入對？
呃！
唔！該不會俊龍弟弟你……
別亂猜！
她幫我送阿公去復健，順便補貨。
唔……呃！
很多事情就是這麼發生的喲！
這——這高麗菜怎麼賣？

你會不會買太多了……
好像有點多。
都是為了要岔開大鼻芬的話題……
嗯……
這樣吧，我買五顆。

※婧：閩南語「漂亮、美麗」之意。

那買五送一吧。
哦！這高麗菜這麼婧！
俊龍，這菜怎麼賣？
呃！姨婆，這——這是……
你們兩個少年仔在笑什麼啊？
唔！沒，沒什麼。
姨婆一顆算35好了。
哈——
我買一顆，唔……還是兩顆好了。
哈哈！

初秋35
高麗菜
脆！甜!!
嚓！

氣象局已經發佈海上颱風警報，預計後天、大後天對台灣的影響最明顯。
請各位民眾加強防颱準備，繼續為各位播報……
阿公，煮好囉。
SONY
廟公、勇伯一起來吃。
這是媽祖廟前那家薑母鴨喔！
今天高麗菜讓你們吃到飽。
喔喔，讚喔！
耶！吃飯！吃飯！
你老實說，是不是有偷裝監視器？
否則怎麼每次吃好料你就出現。

人多一起吃飯，飯才會好吃啊！
阿公你說對吧！
對，對！
來！勇伯我幫你倒酒！
好！兩金乾一杯！
兩金就是這樣，吃人的、用人的，卻不惹人厭。
來！這腿肉給你補。
吃形補形健步如飛！
小時候他家裡窮，吃的幾乎都給了他哥，他就端著碗四處晃。
不過他也不會白吃白喝，都用洗碗洗廁所來抵。
唔——
哎喲！
哈哈哈！

揹！被鴨肉扁！哈哈哈！
世上有一種人，就是有讓人開心的天賦。
水昆還在田裡忙嗎？
嗯！他說收完就過來。
去年颱風他損失慘重。當然也不只他啦……
作穡人邊做邊失啊！
滴！
菸酒
零售商
40406
嘩啦！
嘩啦！
啊！雨又來了！

※作穡：閩南語「從事農務」之意。

阿芬妳搬過來，我在車上接。
沒關係啦！這很重，我來就好。
水昆啊！那些先放著別管了啦！
我慢慢搬就好了啦。
你們先把那些菜搬上車！
我打電話叫阿忠來幫忙好了！
用車上的帆布把菜蓋住！

唔！
水昆叔……
阿誠……
是吉誠嗎……

我對這人沒什麼印象，
不過，幸好他出現。
他兩三下
就把菜都扛上車了。

哈啾！
冷到了吧！真是的，怎麼不叫我？
本來有想啊……但吉誠叔出手相助了。
而且哪知會突然下大雨……
好了，我去端薑湯給妳。
謝謝老公啾一個。
啊！鼻涕沾到了啦。

看到別人幸福，
多多少少體會到
自己的孤獨。
回來啦，薑湯在廚房自己倒。我拿去給阿母。
哥，我拿去就好。
好，石階很滑，小心。
你們會放颱風假嗎？
服務業耶，很難吧。

水昆說洗個澡就過來。
他叫我們再加瓶米酒。
你們看，寶珠有了耶！
她說生完後帶全家來看我。
你會用這個喔！厲害！
俊龍教我的啊——
這樣你就當曾祖父了。
來！恭賀勇伯當曾祖父！乾一杯！
兩金，我遠遠就聽到你的聲音了。
水昆伯你來啦，這邊坐。
要加張椅子喔。

唔！
他就是阿公替他作保的唐吉誠。
呃！是跑路的吉誠叔。

阿誠，先吃吧。
福
他應該和我爸的年紀相仿，可是他憔悴的程度彷彿經歷了兩倍的歲月。

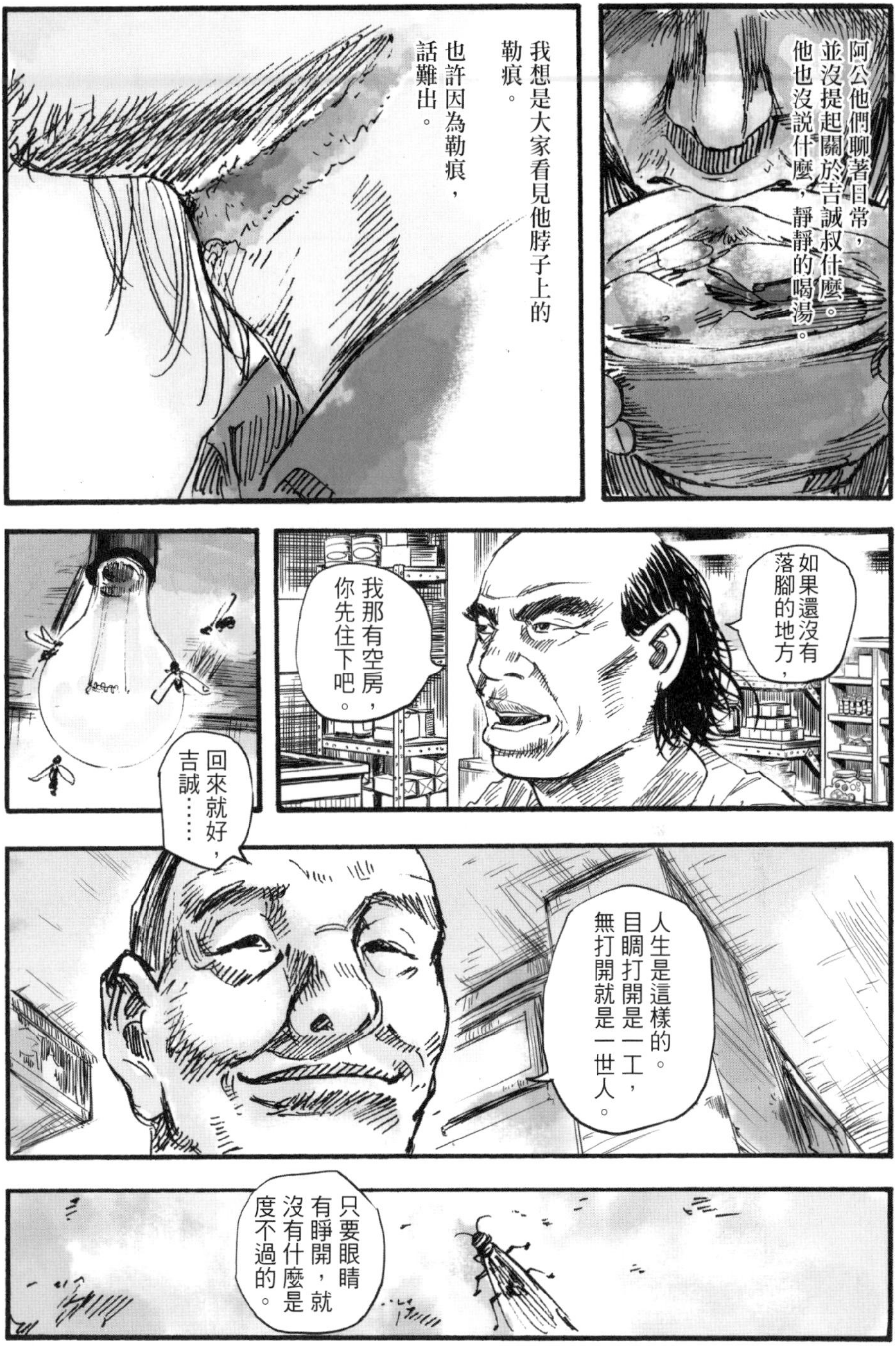
阿公他們聊著日常，
並沒提起關於吉誠叔什麼。
他也沒說什麼，靜靜的喝湯。
我想是大家看見他脖子上的勒痕。
也許因為勒痕，話難出。
如果還沒有落腳的地方，
我那有空房，你先住下吧。
回來就好，吉誠……
人生是這樣的。目睭打開是一工，無打開就是一世人。
只要眼睛有睜開，就沒有什麼是度不過的。

※「一工」即閩南語一天，「一世人」即閩南語一輩子。

用九商店
水昆伯的話似乎鬆開了他的勒痕，
他哭出了聲，
開始吃，開始吞，
連眼淚一起。
每次都喝得醉茫茫！
罵也沒用……
啊！婧某，別生氣啦。

啊就很歡喜啊——
還好有阿芬跟吉誠幫忙，不然我們兩個老的就收到天亮。
這次總算跑得比颱風快，把菜收完。
這世人，妳幫我最多啦！
切！醉話我才不信。
講好聽話恁祖媽就做到死！
我把燈關掉，不然大水蟻一直飛進來。
你明天記得去領錢付給阿芬喔。
吉誠也要給。他手頭一定很緊。
我咧！睏去了。
明早再說……

水昆伯
沒再醒來。
他微笑得像是
完成了什麼後，
心滿意足的
離開。
水昆嬸和阿公
他們雖然傷心，
卻似乎少了意外
和震驚。
或許
人到了一個年紀，
就能真實體會
「人生無常」
只是
日常的一部分……

第二話。用九灶咖

最有溫度的聚散是一同吃飯。

用九五臟宮
鄉油錢
因果循環
報應很爽

你知道水昆走了嗎？
我知。
辣
好突然，什麼都沒交代。
是啊，人未註生就先註死了。
時間到就離開。
不過睡覺中過往，很有福報。
我昨晚去店仔買菸看到吉誠耶。
喔！他出現了囉。真怕他想不開。

他的命也真的有夠坎坷。
六分地的果園砍燒了五分去……

吉誠果園
先是果樹去染到潰瘍病，又遇到風災。
自己砍燒自己的心血，真的是「叫天，天不應；叫地，地不靈」的無奈。

他就是不肯噴藥啊。
他爸就是吸入太多藥中毒死的啊。
好了喔。
貼紅點的是辣的。
昭君姊，我要一個玉米的。
鳳玉妳今天沒班呀？
呼——
不想上班，請補休。
今天怎麼擺廟口，不用去夜市嗎？
車子送修了。老車毛病多。
唉！
怎麼了？

公司要我去台北受訓啊。
店長說，我一直安於現狀，總有天會被取代的。
妳不想去嗎？
我也不知道，店長說的也有道理……
有時覺得自己個性像水蛙，
習慣這個水域就沒有勇氣離開。
可是看朋友的臉書，無論工作或休閒都那麼多采多姿，又很羨慕。
昭君姊，如果是妳，妳會怎麼選擇？
妳哥怎麼說？
我還沒跟他說，我知道他會要我去啊。

我也不知道……
是因為有牽掛嗎？
不安，是會讓人舉棋不定。不過主要是牽掛吧。
嗯——我也怕跟不上台北的步調。
可以問俊龍呀。他待那麼久，一定可以給妳好建議。
喔。
我也知道問他最實在，但他也是讓我拿不定主意的原因。

要不去求個籤請廟公解籤？
哈！我還看農民曆算塔羅咧！
所以水昆嫂不想去住兒子那喔。
是啊，在這熟人熟路的，去桃園怕不習慣。
奠
忌中
也是啦。
她現在比較傷腦筋的是田地。
嗯，一個人種不來，租或賣掉又沒幾個錢。
陳伯！
喔。俊龍你拿什麼？

※槺榔帚，俗稱天地帚，據傳有掃天煞、掃地煞、趨邪避凶的功用，
常用於新居落成、開廟門、安台、送土神、改運、定地基、結婚、

喔！是槺榔帚啊。
阿公吩咐我拿來給水昆嬸。
你放門口，她在睡覺。
這期間都沒怎麼休息。

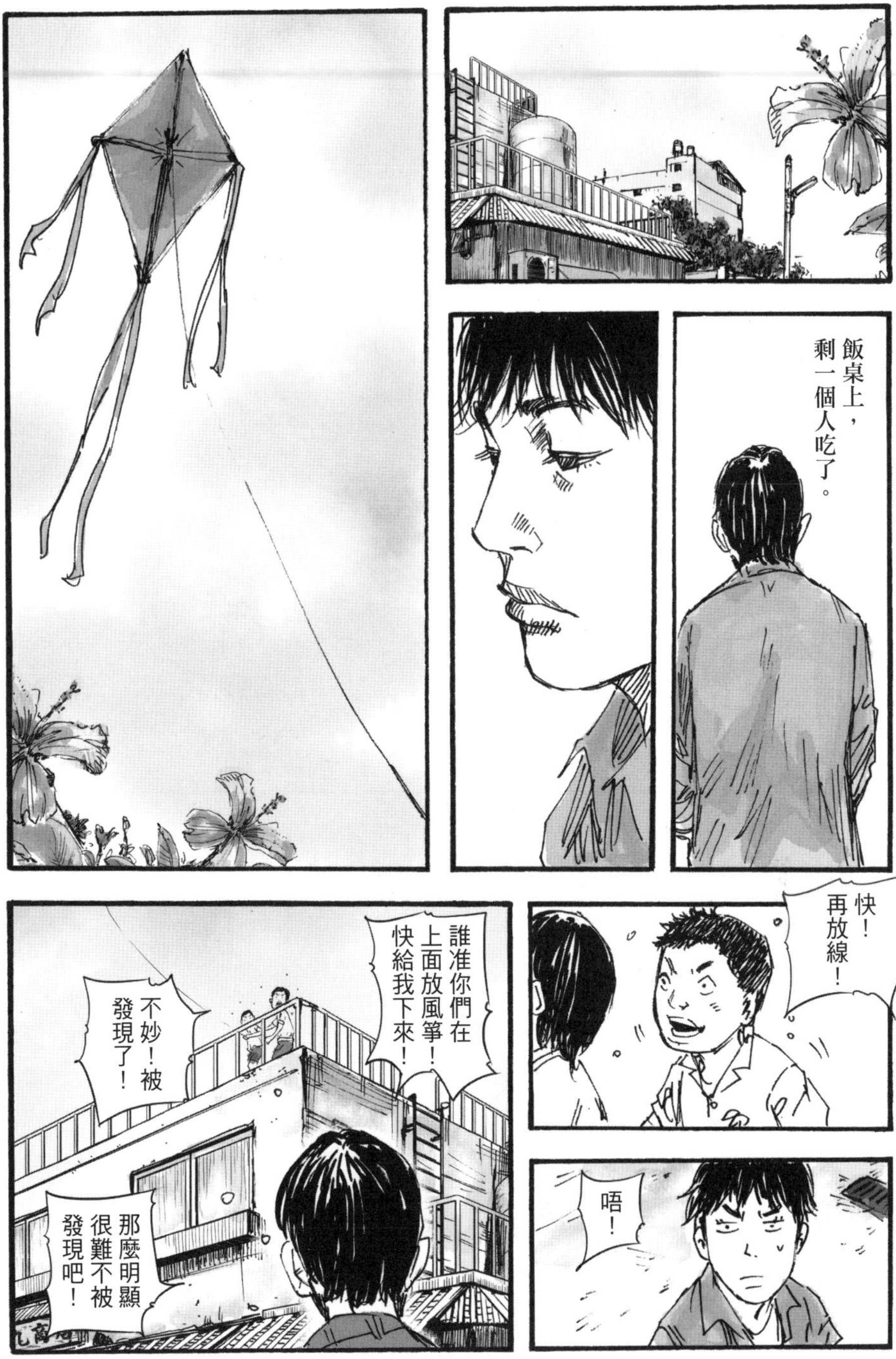
飯桌上，剩一個人吃了。
快！再放線！
唔！
誰准你們在上面放風箏！快給我下來！
不妙！被發現了！
那麼明顯很難不被發現吧！

快寫功課！不然就跟你爸媽說你們偷放風箏！
我寫完了，可以看漫畫嗎？
可以。
哼！小氣鬼告狀鬼——
看完要按照順序排好。
還有不可以亂塗鴉。
妳看完再跟叔叔講故事。
我請妳喝養樂多。
好。

又在拐騙小女孩啊——
保麗龍叔叔。
屁啦！你才一副綁匪樣。
簡垃圾阿伯！
不錯嘛，店越來越有樣子了。
就遇到缺什麼補什麼啊——
開店跟人生的過程真像啊！
我要買些電池跟蠟燭。
氣象說這次颱風超猛，我們這鐵定停電。
吃的要順便買嗎？
免啦，你不是會開店。

你有空幫我弄輛加頂蓋的三輪車。
我阿公在跟我要。
好啊，不過他復健都是你載不是嗎？
他說，這樣我的時間才不會被他綁死。
我在猜可能也和水昆伯驟逝有關吧。
三支入
就像停電時才會突然去思考手電筒放在哪一樣。
請問——
阿德伯在嗎？

我帶了些美人柑來給他。
喔，謝謝。我再跟阿公說。
謝謝喔。
沙！

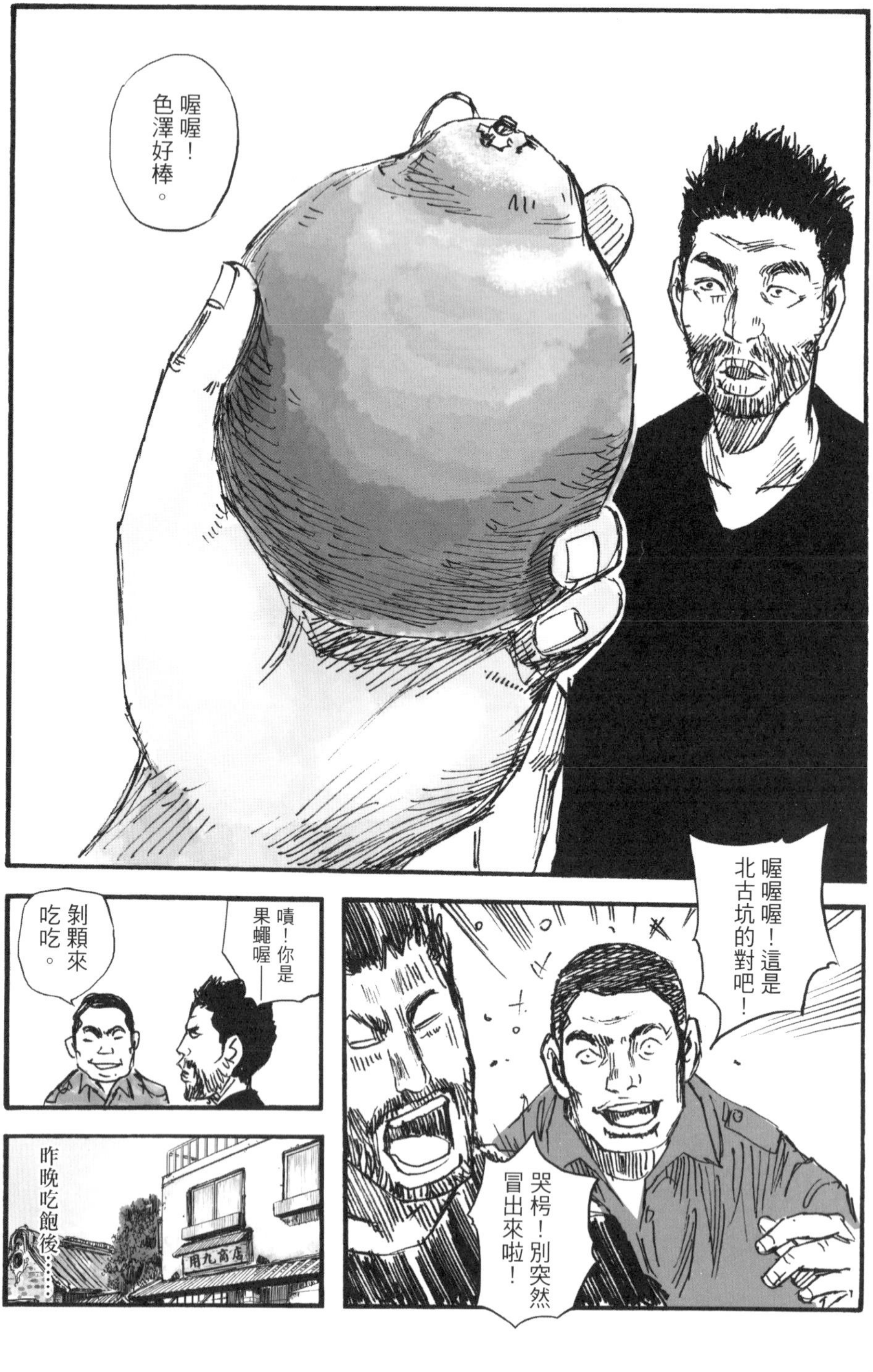
喔喔！色澤好棒。
喔喔喔！這是北古坑的對吧！
哭枵！別突然冒出來啦！
嘖！你是果蠅喔——
剝顆來吃吃。
昨晚吃飽後……
用九商店

吉誠是很腳踏實地的人。
唔。
那時是我主動提出當保人的。
他很努力，很肯做。可惜運很不好。
他和你爸起初都是做皮包工廠的。

相信人，卻弄得工廠拱手讓人。
他爸說，只要腳下有地踏，就可以從頭來過。
所以就跟著家裡學種水果。
喔！可是——
古坑離這有段距離，怎麼認識的？
主要是你阿媽啦，務農的大多彼此知道。
都是靠天公伯給飯吃的。
沙！
俊龍。
用九商店

如果吉誠有來賒東西，先別記。
喔，好。
起風了。
不知道這次又要帶走多少……

這些菜不漂亮都沒賣掉……
這樣放爛好可惜——
嗯！對耶。可是，
這麼多，又要吃好多天。
煮一煮就沒有美不美啦。

一起吃飯？
是啊。反正你們大多是孤單老人。
喔，我的意思是，孤家寡人啦……
我是那天在水昆嬸家看到她的飯桌。

突然間變成一個人吃飯，一定很不習慣。
好！反正我申請的看護也還沒來，就這樣辦吧。
我一個人煮也不好煮，俊龍你這建議不錯。
啪！
俊龍弟弟，你這個點子實在太讚了！
唔！痛！
這是昭君想到的啦，之後由她掌廚。
但是要先說，菜色不定，且酌收費用。以後或許會對外開放。
好吃就好！管它什麼菜！
昭君以前做過小吃，妥當的啦！
嘿！你都恬恬的來喔——
在說什麼啦！
你聽！是愛苗發芽的聲音——
妳幻聽喔！

好！那就從今晚開始吧！
開酒慶祝了啦！
啪！

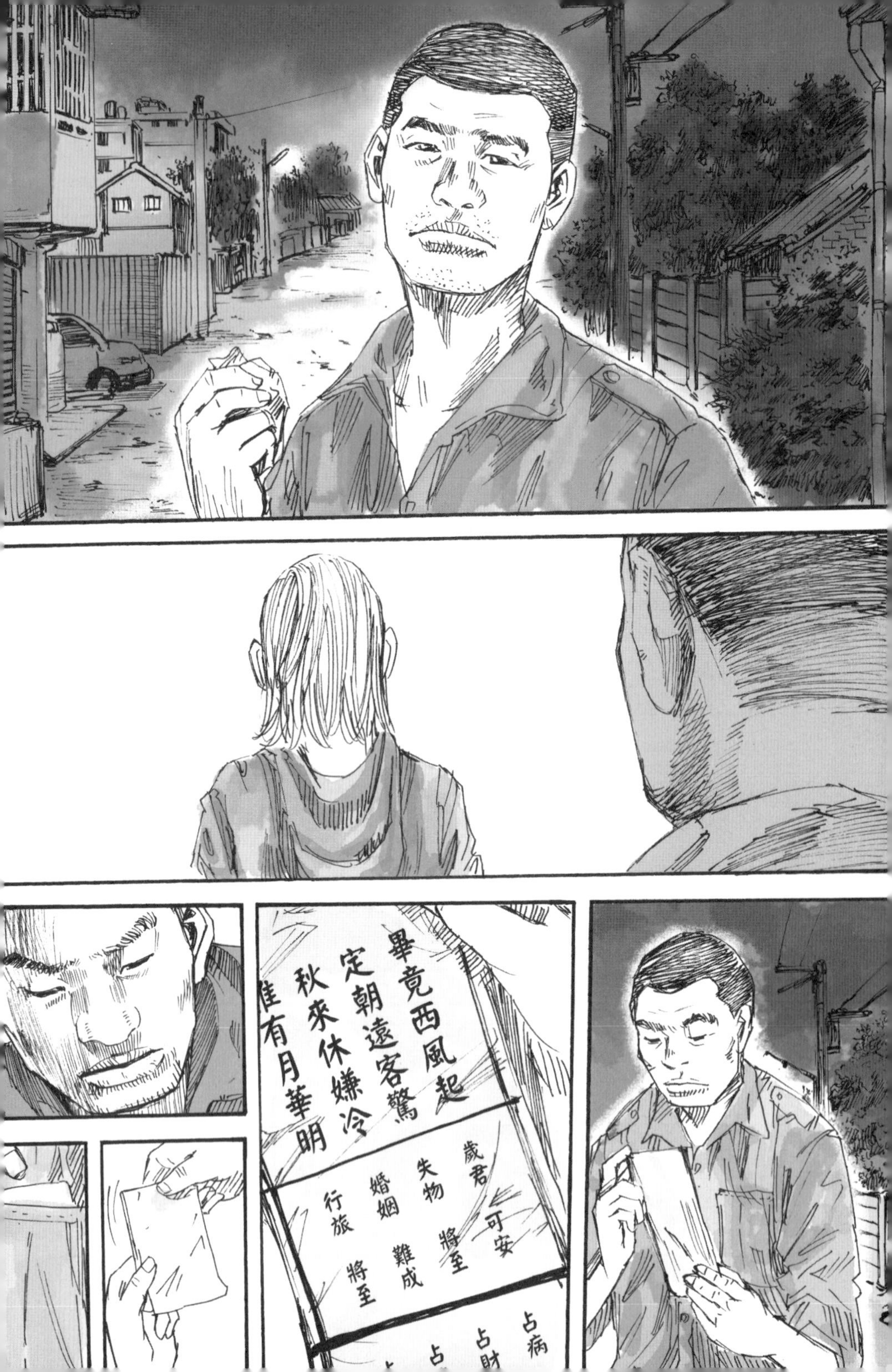
畢竟西風起
定朝遠客驚
秋來休嫌冷
佳有月華明
歲君　可安
失物　將至
婚姻　難成
行旅　將至
占病
占財
占

呼！好悶啊！
颱風來之前都這樣……
用九商店

咦？
唔！

吉誠！千萬別再做傻事！
死不能解決事情的！
唔！咳！
哭枵！我看到麻繩以為你又……
廟公，不會了啦……我是來固定樹的。

這就是生病的樹嗎？
還會再結果嗎？
這棵是老欉了，
我阿公那一代種的……
卻被我毀了。
我……我就是在這株準備結束生命的……
沒料到生病的枝幹那麼脆……

我氣還沒絕，它就斷掉了。
噗！
噗唔！
哈哈哈！吉誠……
你真的很衰耶，哈哈哈！
噗哈哈哈哈哈哈！
哈哈哈！你……你……
哈哈哈哈哈哈！

噗哈哈！你真的很衰捎……
幹！你衰到連閻羅王都不敢收你！哈哈哈！
嗚……
嗚嗚……哈哈哈！
哈哈哈哈哈哈！
哈哈哈！

聽廟公回來後轉述……
吉誠叔那天在綁樹的時候，發現嫁接的枝幹長出了新葉。
葉面翠綠如玉。
已經沒有圓形的褐黃病斑。

時間調養土地，
土地治療自然，
自然療癒了人。

呃，再往右一點。
左邊高一點。
啊！俊龍你這邊又歪了。
這樣咧？
你那邊可以了。兩金高一點。
喔。
好！可以固定了。

用九灶咖

店名取得讚！我們來柑仔店就像走「灶咖」一樣！
等一下來討論出餐時間。
昭君，日後就勞煩妳了。
德伯不會啦。
嗯。
我咧！臭臉維納斯的臭臉指數好像降了50％。
唉——倒是鳳玉，她的臉臭增加了30％……好讓人擔心。
用九商店

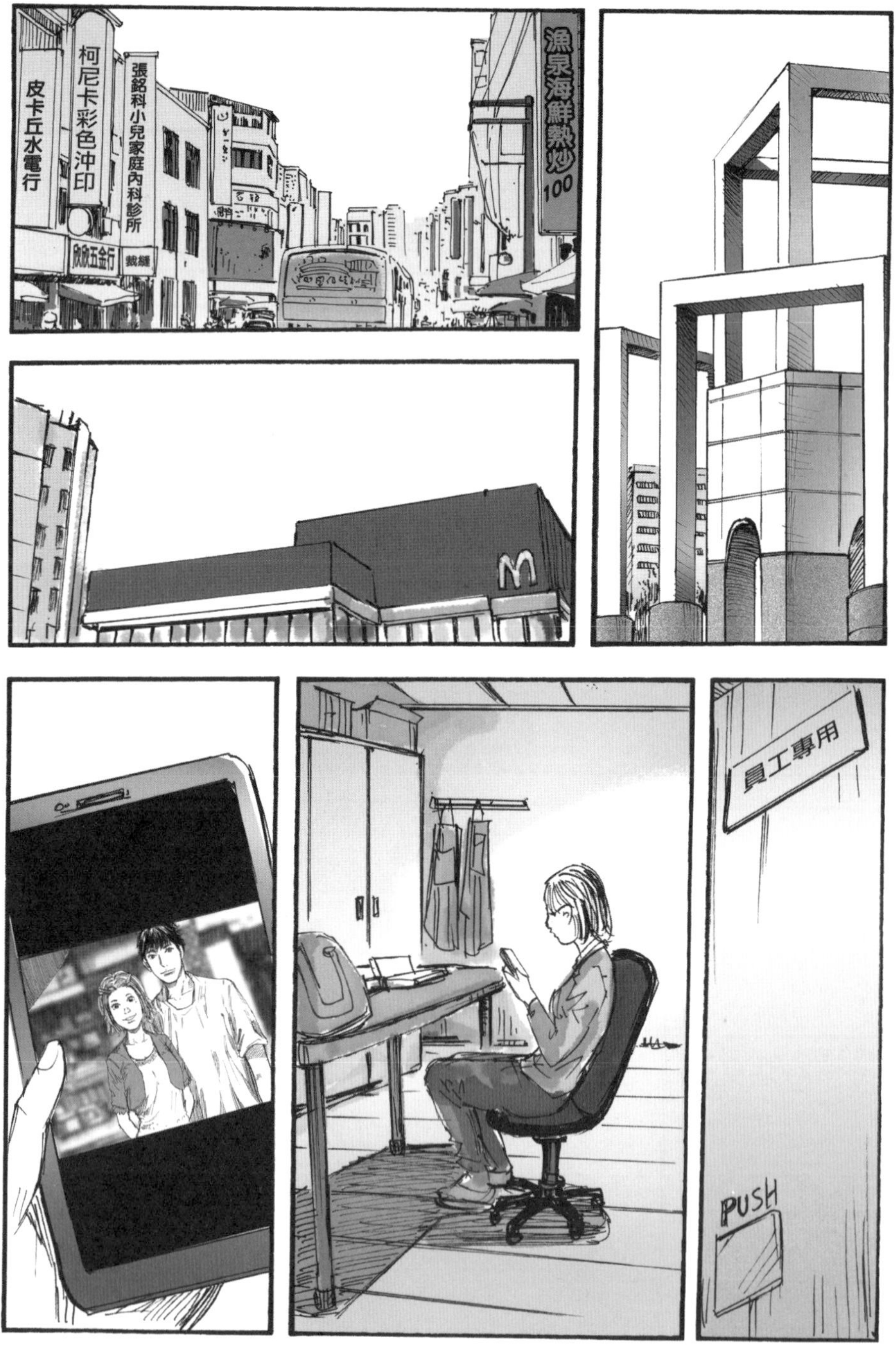
皮卡丘水電行
柯尼卡彩色沖印
張銘科小兒家庭內科診所
漁泉海鮮熱炒
100
裁縫
員工專用
PUSH

告白了沒？
哇啊！友蓉姊幹麼突然出聲！
切！我進來都換好衣服了。
是妳自己出神了。
還沒跟妳的俊龍哥告白喔。
哎喲——
有些事就要一鼓作氣。
否則像我這種「縫」眼厚唇沒衝一下，
可能沒人注意更別說嫁出去。
拜託！友蓉姊的胸器很引人注目好不好。

胸器大又怎樣！記住！房子再豪華沒人就是空。
人啊，條件再好沒人在身邊也白搭。
要一鼓作氣的衝！知道嗎！
唔！口氣跟阿嫂好像……
沒錯！
人如果不偶爾衝動，是創造不出希望的！

可是妳又沒種過菜，這樣……
要不要再考慮一下？
可是你也不是生出來就會修機車啊！
以我的聰慧，我有信心很快就上手的。
再說，菜錢變貴。我們住家附近就有田，還去買菜會被恥笑的。
我知道妳其實要幫水昆嬸。
可是萬一……
第一次種菜就失敗，反而會拖累她啊！
穿心！
哦，你好過分……
我這麼美麗妖嬈，你還傷害我……
阿芬——
我真的受傷了……
好啦，去種啦——

嘿！剛剛那一段動人的演出，可以拿最佳女主角獎了。
嘖！又裝哭要我……
你懊惱的樣子好性感喔——謝謝腦公！
好啦！好啦！
唉——這種無聊的戲碼我看了十年了……
還是陪阿媽去抓寶可夢比較有趣。
漁泉海鮮熱炒
100
張銘科小兒家庭內科
柯尼卡彩色沖印
我先走囉，掰掰！
明天見。

噠！
累，每次都排打烊班。
到底要不要去受訓啊……
麗娜
要去放沖天炮嗎？

嘿嘿嘿！我都有準備，看妳想放哪個就放哪個。

第三話。

幫風照相的人

每個人都不曾見過，卻心知肚明它經過。

水果料理
調果汁
阿忠庆生10/10
跟春樹哥拿絵本

嘖！風雨又來了！
阿爸，太大件了啦，像演布袋戲。
囉嗦！穿著，進教室再脫。
阿爸掰掰！
不用掰了啦，快進去！
雨衣拉高點！踩到會跌倒。
唉！和他阿母同款——
唔，雨勢更大了。

阿土伯，來巡田喔。
嘿啊，來把布幔固定得穩一點。
啊！
颱風進來了。

來拍颱風？
是啊，每年我都會選個地方拍。
拍颱風，感覺還滿酷的。
哈！有些人笑我蠢，他們說風又看不見。
它確實看不見。
但好玩的是，一定會有軌跡證明它經過。
你不覺得這樣很令人著迷嗎？
看不見，卻真實存在。
對耶，以前倒是沒想到這點。

請問一下，晚上供餐到幾點？
這要看晚上的風雨。
如果風雨不大會到十一點。
太好了！或許我回程再來吃個消夜！
我喜歡這家店，加上你們讓人有家的溫馨感。
老伯您好福氣，和孫子孫媳婦一家子生活。
呃？
唔！那個，我們……

雨停了，我要去追風了！
晚一點再把照片傳到臉書訊息給你。
呃，什麼照片？
沙
算是答謝你招待的咖啡掰！
什麼照片？話也不說完，真是怪人。
像風來，像風走。
呃，那個，那個菜洗好放冰箱了，我晚點再過來。
喔，好……

兩金找我，他怎麼不進來？
哪知，他在樓頂。
來囉。
幹麼在樓頂？風很大耶。
看雲賽跑啊。

眼眶那麼黑，又趕工做通宵喔？
昨晚載鳳玉去台西海邊兜風。
呃！你們也太誇張了吧！
六年級那次，我們是騎鐵馬去耶。
哈！小學畢旅，鳳玉吵著要跟。
只好出發前先帶她去玩。
耶！這樣昨晚算是兩人的約會囉。
最好是啦。

俊龍，
那個……可以拜託你一件事嗎？
幹麼吞吞吐吐的，說啊。
想拜託你……
拜託你跟鳳玉交往。
噗噗噗噗噗噗噗噗！

她說她喜歡你，
在我開口說我喜歡她之後。
你聽錯了吧……
偏偏我站在下風處，風包著話，直接在耳朵裡灌籃。
我也希望是自己耳背聽錯。
兩金你這個蠢蛋。
我不知道該痛扁你一頓，還是用力抱你。

感情又不是你的家私，說借就借，想換就換。
你只是一廂情願的以為這樣鳳玉就會開心。
一直以來就是她開心我就開心啊。
你們昨晚有放煙火嗎？
煙火被雨淋溼了，只有玩仙女棒。
嗯，或許鳳玉多年後的某一天，
湊巧又在哪看見仙女棒，你猜她會想起誰？

※家私：閩南語「工具」之意。

不會是阿忠，也不會是我。
唔！是……是我嗎？
啊不然咧。
嗚嗚……
嚇！你哭什麼啦！哭點在哪啦？
是開心啦，想到能被鳳玉想起就很開心啊——
乖啦。請你喝飲料補充水分。
嗚——我要喝阿比加咖啡。
今天你最大，你說了算。

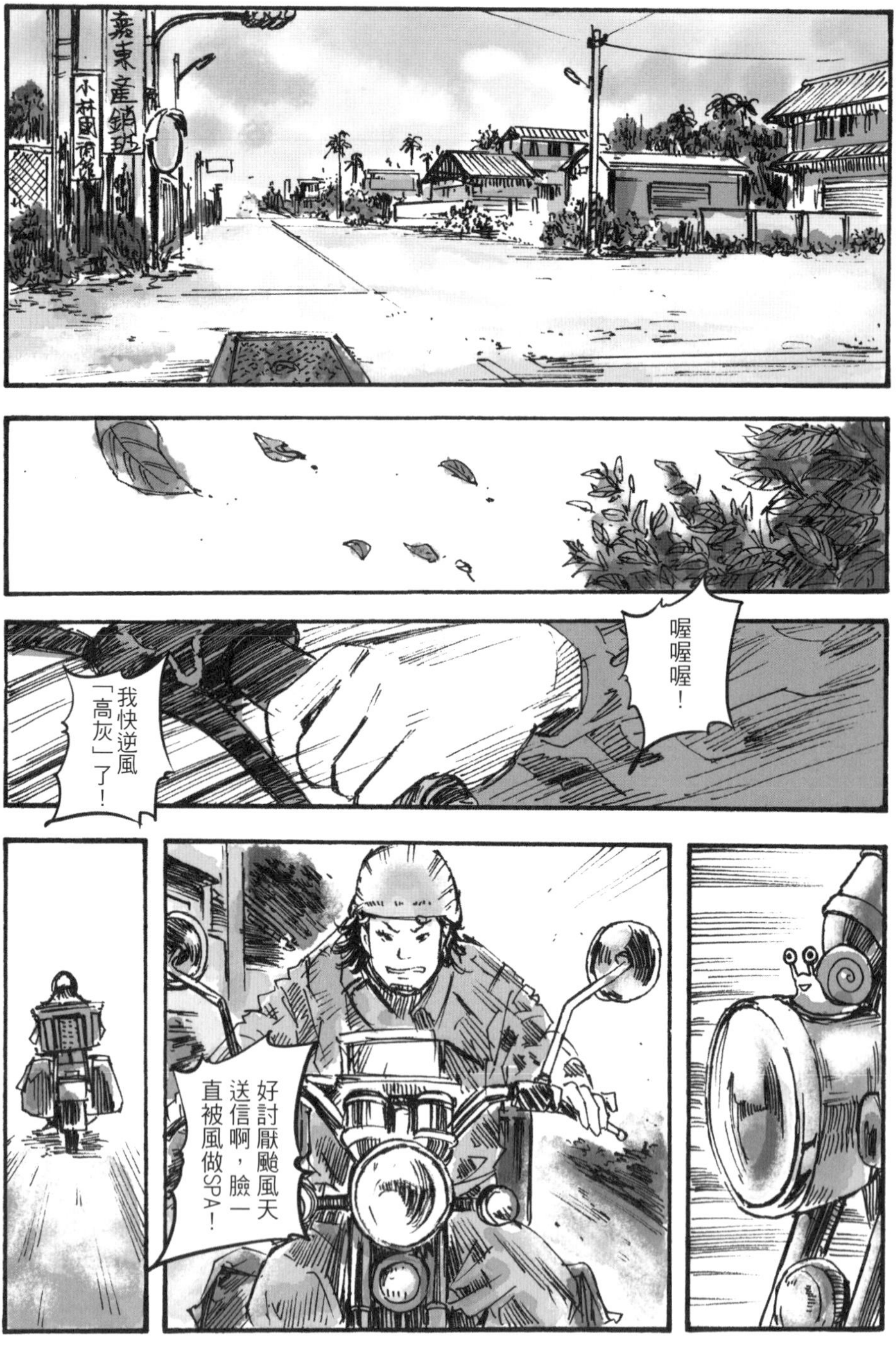
嘉東產銷班
喔喔喔!
我快逆風「高灰」了!
好討厭颱風天送信啊,臉一直被風做SPA!

喀嚓！
喀！

春樹哥！有掛號信喔。
哈！又是補習班請你去授課嗎？
郭春樹
還有其他的信嗎？
我查過，沒了。
春樹哥，別灰心，也許下週就等到了。
希望你別放棄等待……
……
我不太放棄的。

氣象說晚上風雨很大。
我想這天氣不會有人來借書，你早點回去。
我會留在這吧，窗台那可能會滲水，我得應變。
……
我是執著到讓另一方想放棄我的那類人。

那個，有句話：
「善於等待的人，一切都會及時來到。」
不過我記不起來是誰說的，哈哈！
是巴爾札克。
對！就是他。
哈！不過我過幾天就又忘了。
掰掰囉。
唔。
雖然老師沒說，但我知道他一直在等女兒的信。

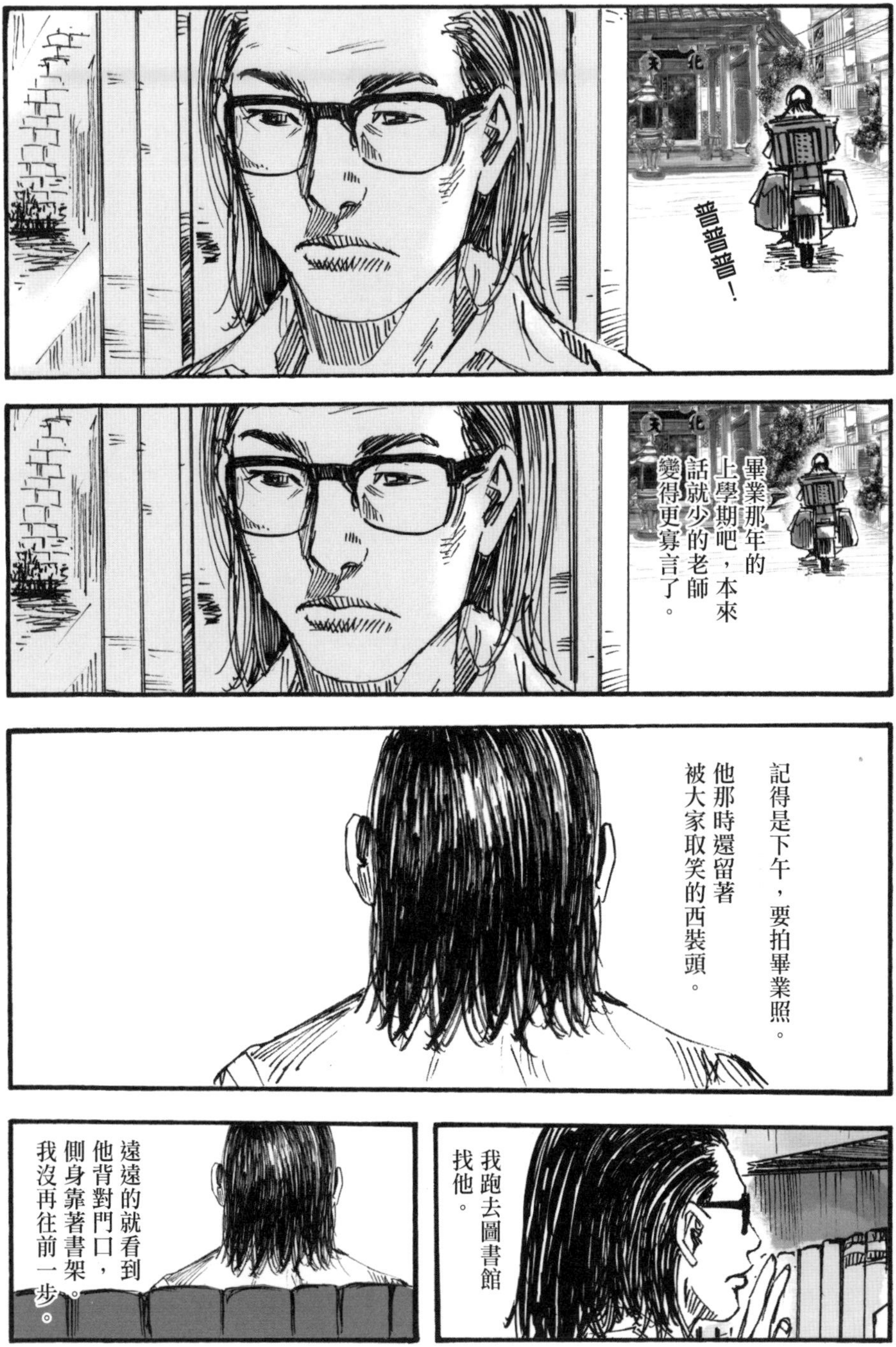
普普普！
畢業那年的上學期吧，本來話就少的老師變得更寡言了。
記得是下午，要拍畢業照。
他那時還留著被大家取笑的西裝頭。
我跑去圖書館找他。
遠遠的就看到他背對門口，側身靠著書架。
我沒再往前一步。

他把頭垂得很低，很低。
那種沮喪，像是小孩好不容易存錢買的玩具，突然不見了。
像鼓起勇氣遞出的告白信，放學打掃時發現完好的躺在垃圾桶裡。
像等上了一段時間，卻收到查無此人的退回信。
也像國二時，爸爸丟句「好好照顧自己」後轉身離去的背影。
媽呀！我是不是有戀父情結啊！

※白露為24節氣之一，在國曆9月7日或8日；蕹菜即空心菜；飯匙槍即眼鏡蛇。

阿芬，這季節不建議種空心菜。
妳可能沒聽過，「白露蕹恰毒過飯匙槍」。
蕹菜性寒，秋冬不宜多吃。
為什麼？炒空心菜好吃耶。
是喔，長知識了。那這季節適合種什麼？
還滿多的啊。
像蘿蔔、芥菜、菠菜、高麗菜、捲心白菜、茼苣類的都可以。

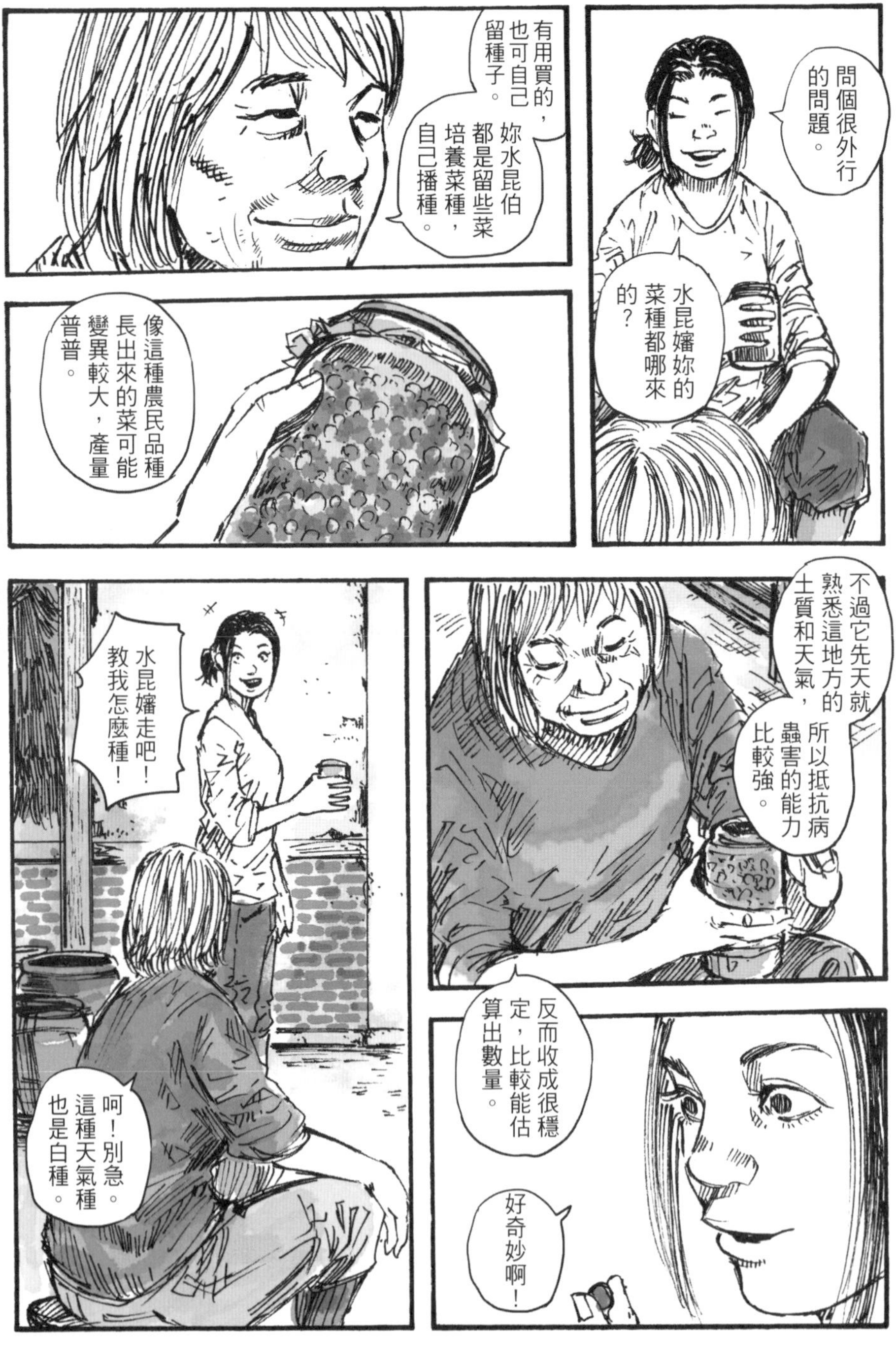
問個很外行的問題。
水昆嬸妳的菜種都哪來的？
有用買的，也可自己留種子。
妳水昆伯都是留些菜培養菜種，自己播種。
像這種農民品種長出來的菜可能變異較大，產量普普。
不過它先天就熟悉這地方的土質和天氣，所以抵抗病蟲害的能力比較強。
反而收成很穩定，比較能估算出數量。
好奇妙啊！
水昆嬸走吧！教我怎麼種！
呵！別急。這種天氣種也是白種。

※農民品種：農民經年累代自己留種自種。

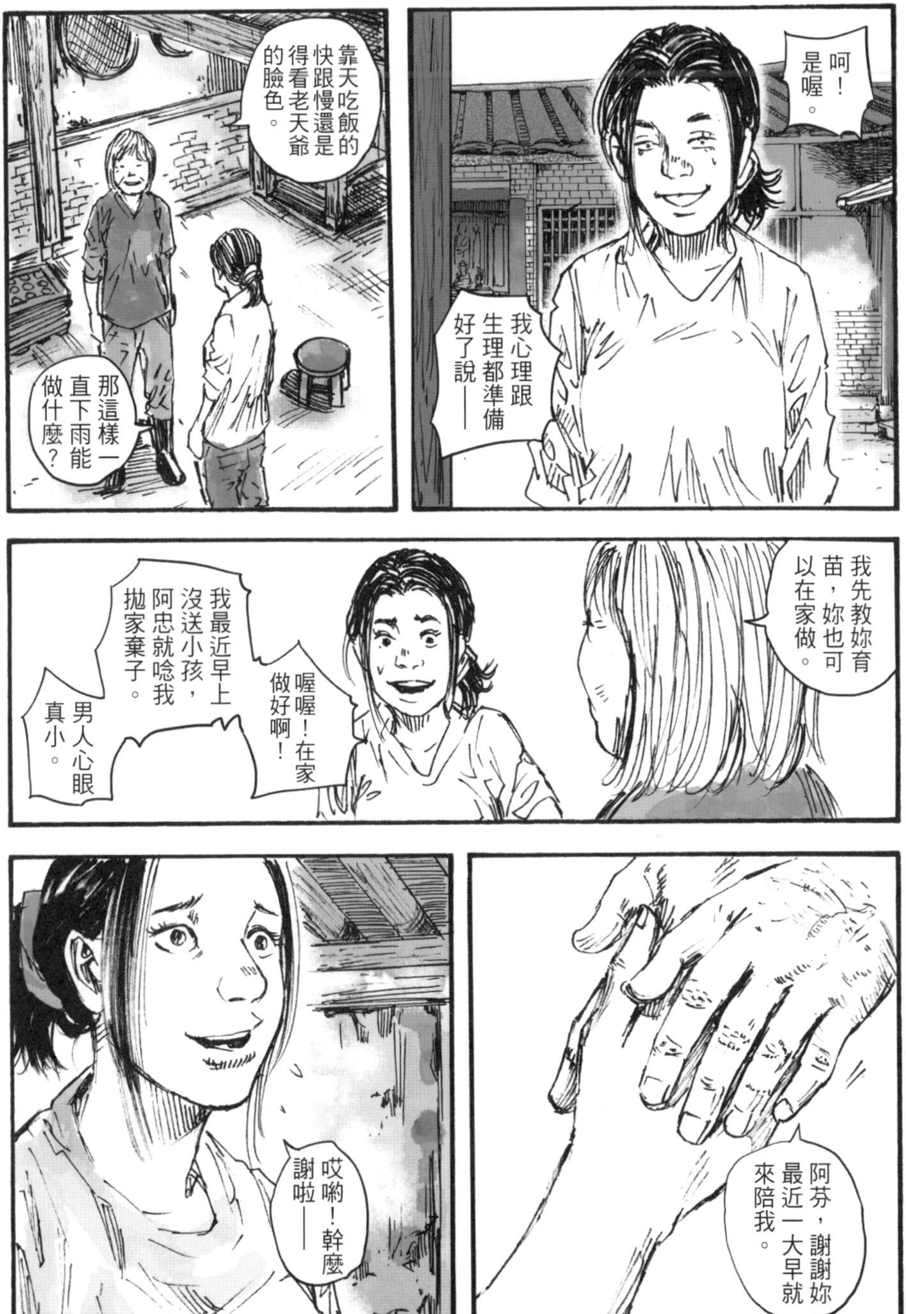
呵！是喔。
我心理跟生理都準備好了說——
靠天吃飯的快跟慢還是得看老天爺的臉色。
那這樣一直下雨能做什麼？
我先教妳育苗，妳也可以在家做。
喔喔！在家做好啊！
我最近早上沒送小孩，阿忠就唸我拋家棄子。
男人心眼真小。
阿芬，謝謝妳最近一大早就來陪我。
哎喲！幹麼謝啦——

我也有分到水昆伯留下的遺產啊。
胃と腸のお薬
強力わかもと
W
105年
秋牧種
STRONGWAKAMOTO
而且這種遺產還會增值。呵呵！

阿公——
你確定……
安啦，在阿勇家過夜而已，又不是出遠門。
再說，吉誠也在啊。
颱風天你要準備東西，又做生意。
我們老的集中一起，吉誠比較好管理。
哈哈！
捎！你水昆附身喔，會練痟話——

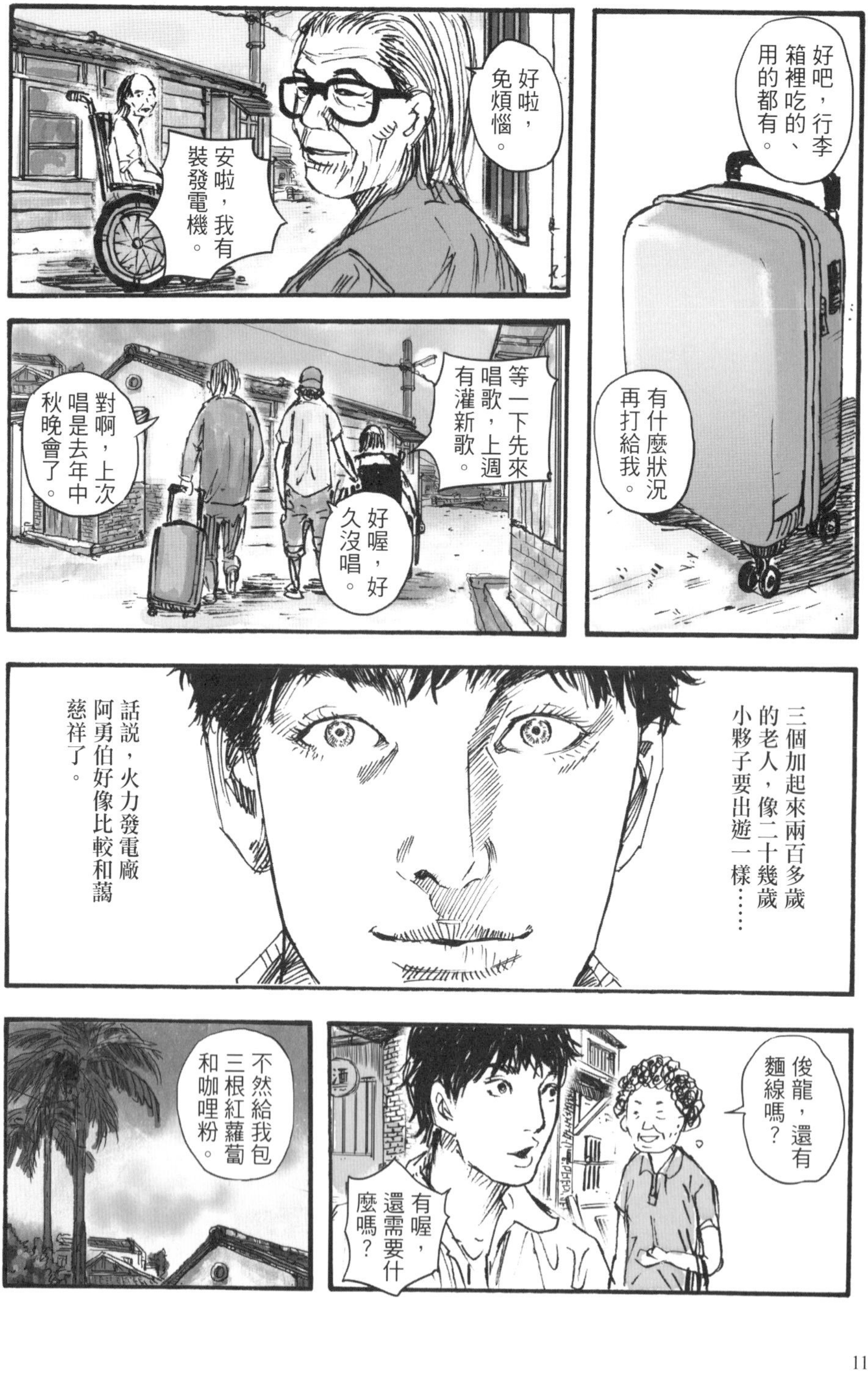
好吧，行李箱裡吃的、用的都有。
有什麼狀況再打給我。
好啦，免煩惱。
安啦，我有裝發電機。
等一下先來唱歌，上週有灌新歌。
好喔，好久沒唱。
對啊，上次唱是去年中秋晚會了。
三個加起來兩百多歲的老人，像二十幾歲小夥子要出遊一樣……
話說，火力發電廠阿勇伯好像比較和藹慈祥了。
俊龍，還有麵線嗎？
有喔，還需要什麼嗎？
不然給我包三根紅蘿蔔和咖哩粉。

臺灣省菸酒公賣局
菸酒
零售商
40406
嘎!嘎!嘎!
叩!
叩!
叩!
叩!
風雨越晚越大耶，妳先回去吧。
剩沒幾個了。
妳車還沒修好吧，我載妳。

喔。
唔！十一點了。那個妳……
不用，我有騎車來。
可以讓我在這待到十二點過後嗎？
等他們都睡著再回去。

好，多晚都可以，我可能會通宵。
這樣風雨應該噴不進來了。
喀卡！
喀拉！

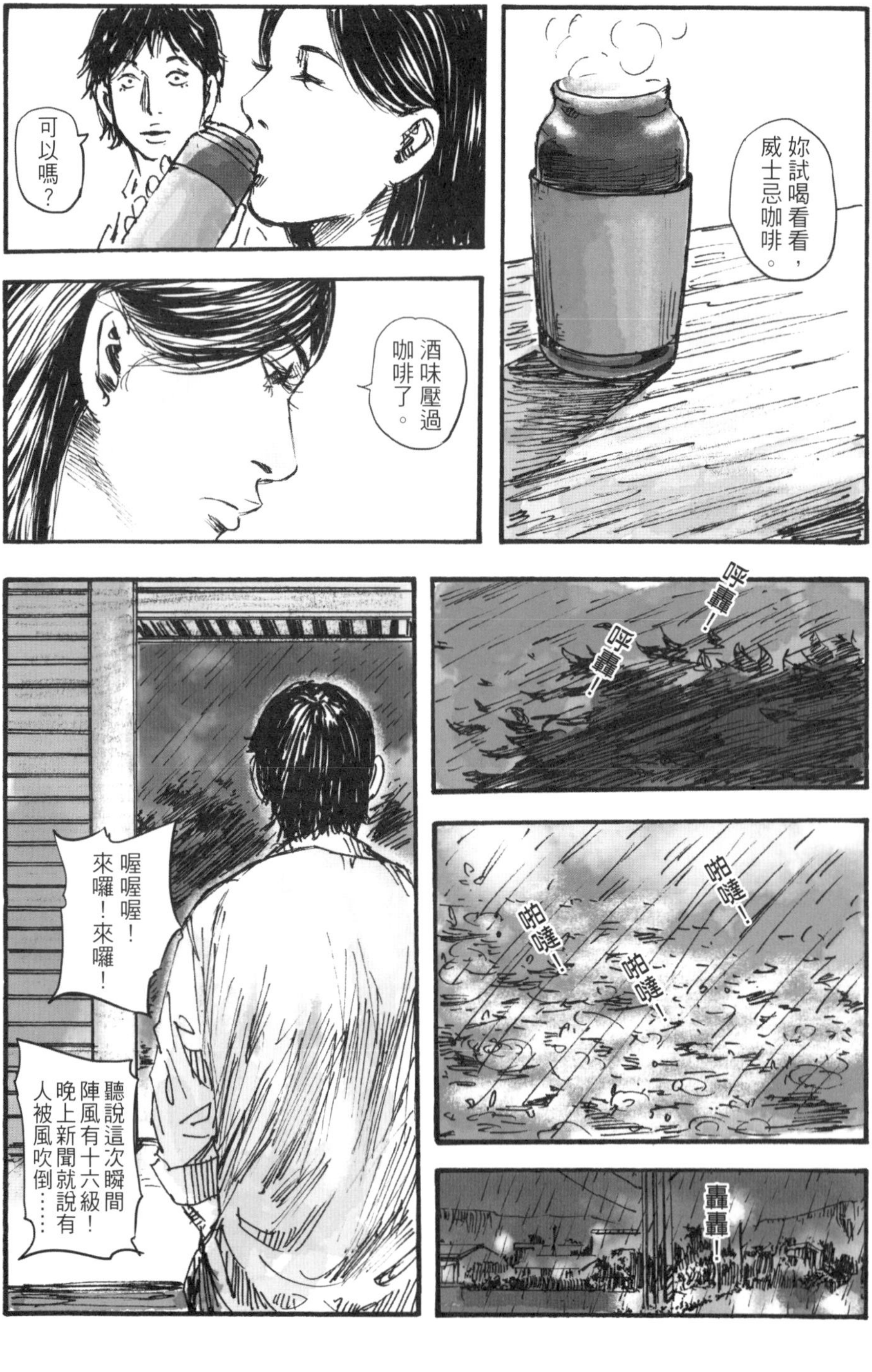
妳試喝看看，威士忌咖啡。
可以嗎？
酒味壓過咖啡了。
呼轟－
呼轟－
啪噠－
啪噠！
啪噠！
轟轟！
喔喔喔！來囉！來囉！
聽說這次瞬間陣風有十六級！晚上新聞就說有人被風吹倒……

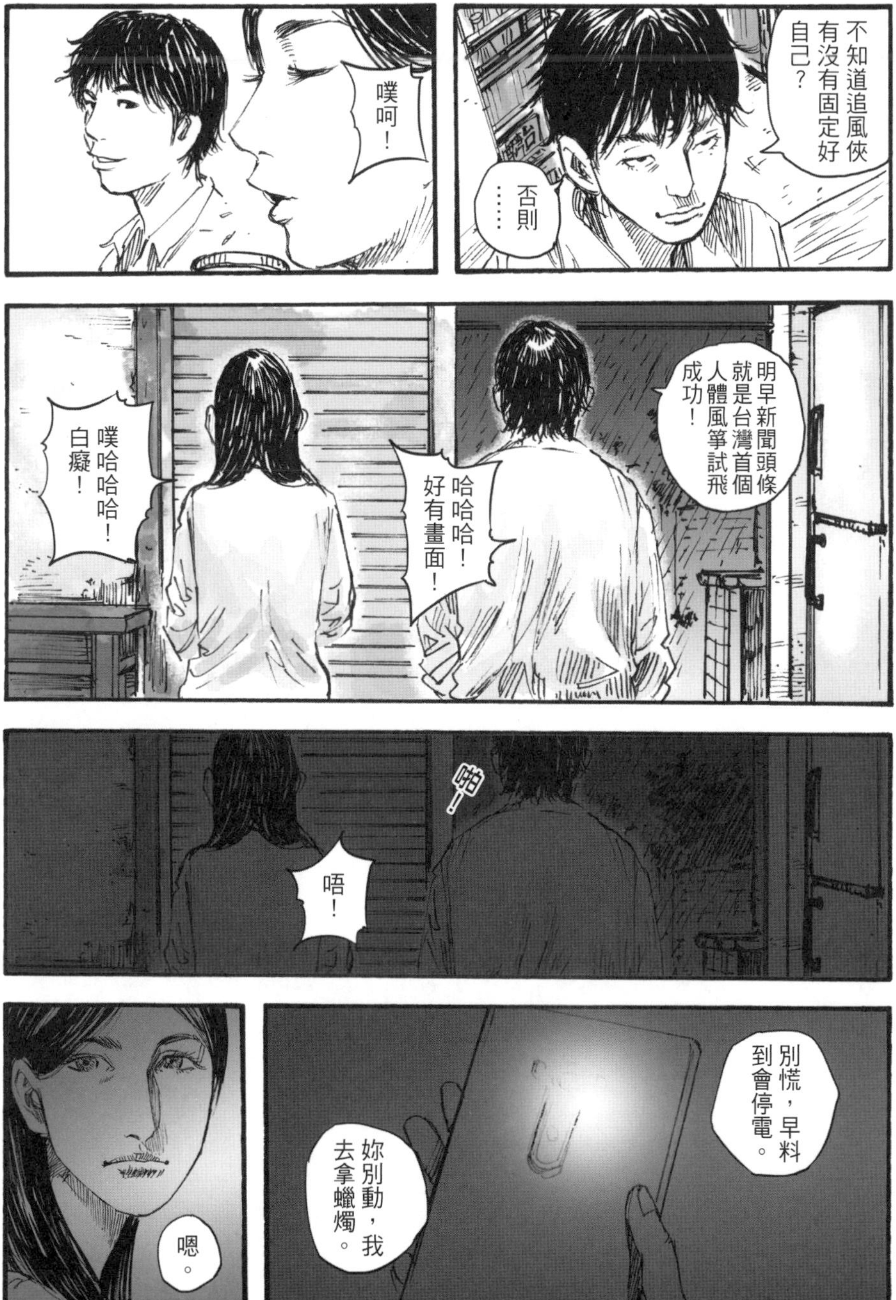
不知道追風俠有沒有固定好自己？
否則……
噗呵！
明早新聞頭條就是台灣首個人體風箏試飛成功！
哈哈哈！好有畫面！
噗哈哈哈！白癡！
啪！
唔！
別慌，早料到會停電。
妳別動，我去拿蠟燭。
嗯。

哇啊啊啊啊！停電了啦！
救命啊！
阿忠！你在哪啊！
妳在原地別動喔，我去找妳！
嗚嗚嗚——快點啦！
寶貝，我來囉——
哇啊啊啊啊啊啊！
幹麼嚇人啦！很壞耶！
啪！
啪！
啪！
哈哈哈！妳葉問喔！出拳好快。
誰叫妳平常老整我。
嗚嗚——媽媽那邊怎麼樣？
她房間有緊急照明燈。
小慶咧？
他在鳳玉房間玩啊。

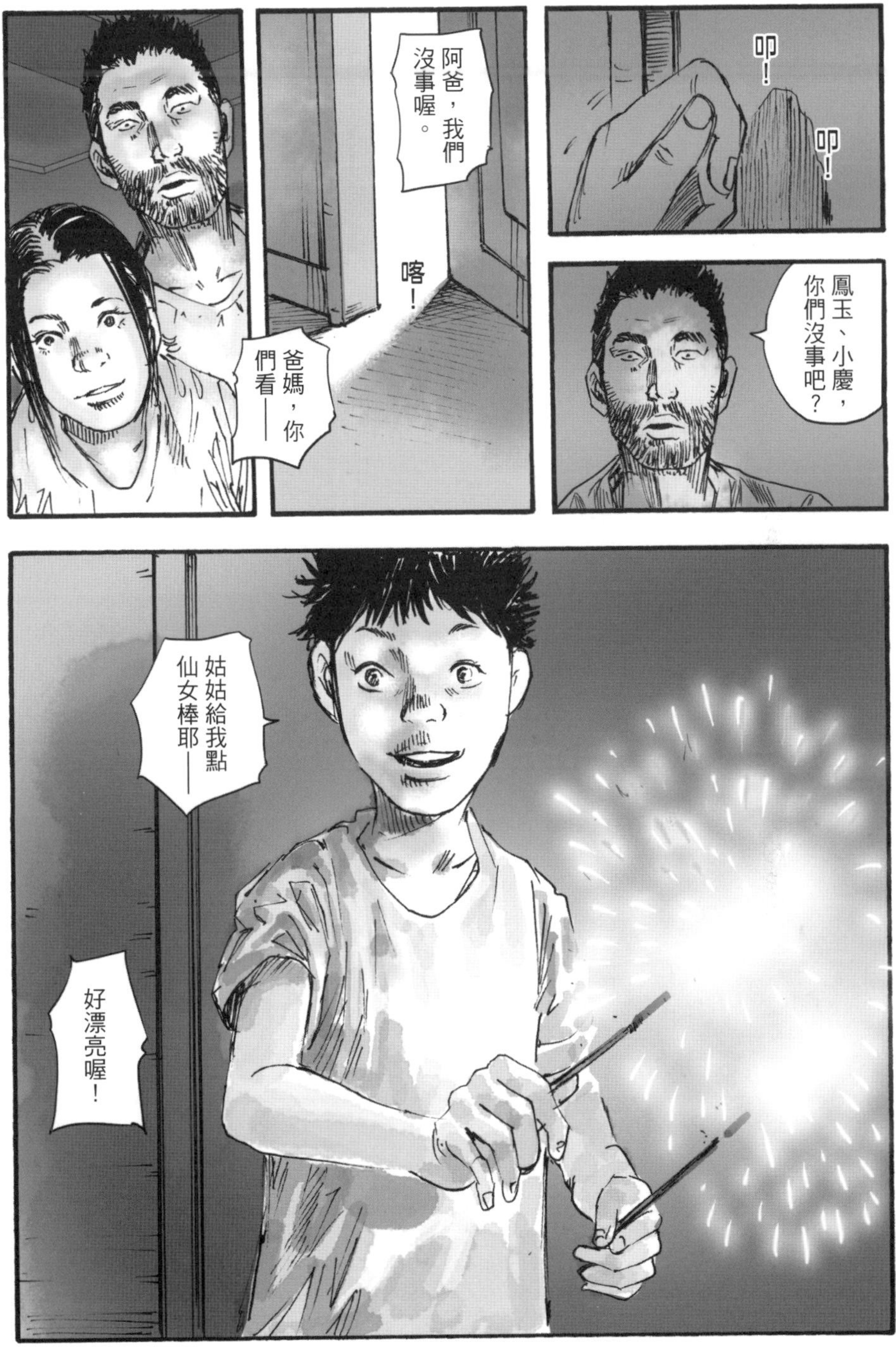
叩!
叩!
鳳玉、小慶，你們沒事吧？
阿爸，我們沒事喔。
喀!
爸媽，你們看——
姑姑給我點仙女棒耶——
好漂亮喔!

哥，阿嫂。
哈！仙女棒還有嗎？我也要玩！
呃！有。
……
哥，我有事要跟你說。
嗯！
小慶，我們去三樓玩。
好！
叮咚！

停電了，有平安嗎？
呵！
OK，暗暗的，所以仙女棒很亮。
夭壽！心臟噗通噗通的。白天咖啡喝多了嗎？

嗖—嗖—!
嗖—嗖—!
嗖—嗖—!
菸酒
零售商
40406
記得放在桌邊……
喔!有了!
喀嚓!
我小時候還滿期待停電的。

電停了，家裡反而熱鬧了，大家圍著聊天，有時阿公說故事。
有時我爸會跟著收音機哼哼唱唱。
我媽煩惱冰箱裡的東西會壞，我則是拿著手電筒四處走。
明明是自己家，明明擺設也沒動，
偏偏有像在探險的感覺。
哈！我覺得我腦袋超有事的。
你腦子的確滿有事的……
回來接這家店，
做了些不知道未來會不會更好的事。

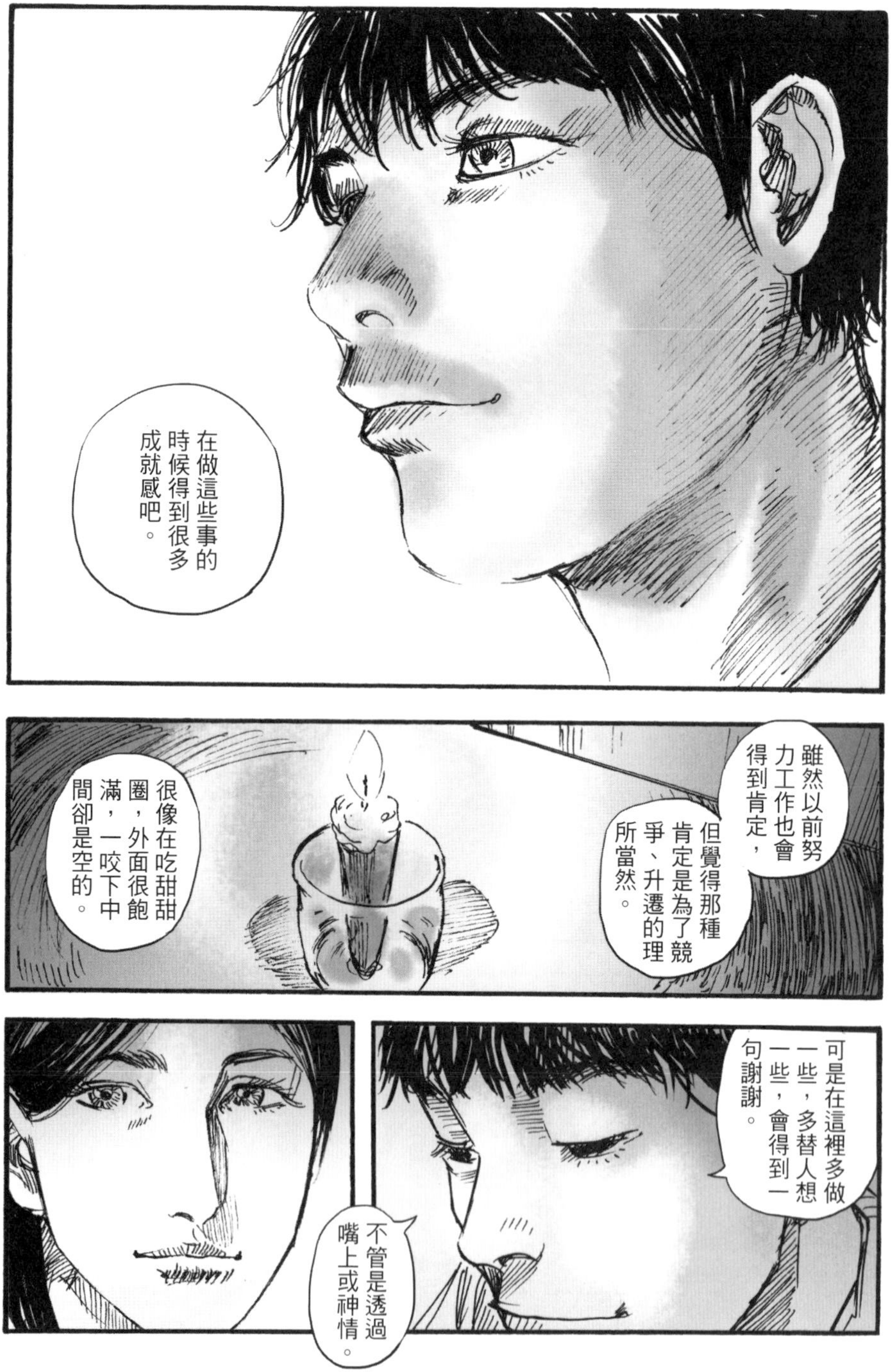
在做這些事的時候得到很多成就感吧。
雖然以前努力工作也會得到肯定，但覺得那種肯定是為了競爭、升遷的理所當然。
很像在吃甜甜圈，外面很飽滿，一咬下中間卻是空的。
可是在這裡多做一些些，多替人想一些些，會得到一句謝謝。
不管是透過嘴上或神情。

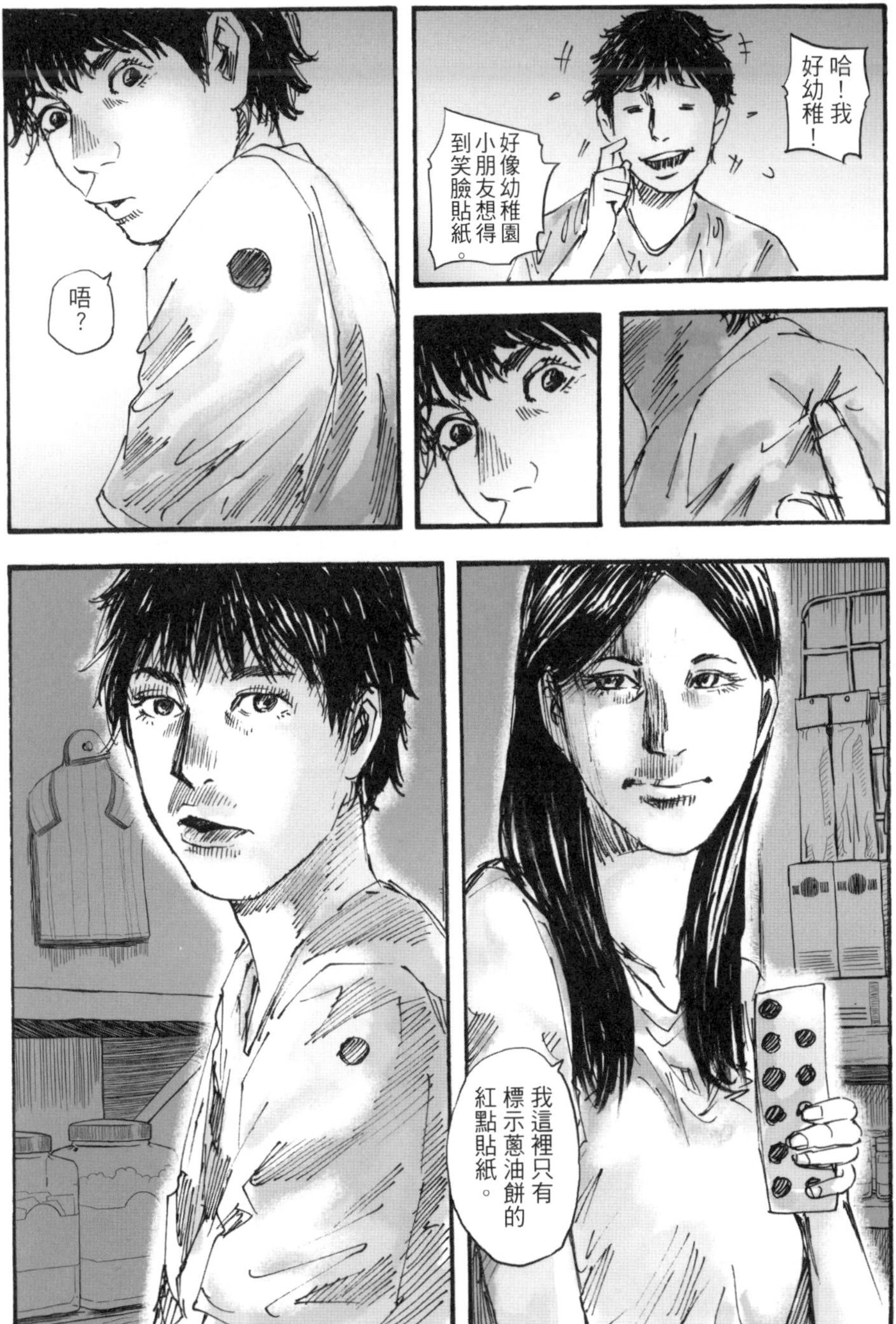
哈！我好幼稚！
好像幼稚園小朋友想得到笑臉貼紙。
唔？
我這裡只有標示蔥油餅的紅點貼紙。

今日菜單
叮咚!
追風俠
傳送照片
呵!是追風俠。看來他沒有被吹走。
唔!
他什麼時候偷拍的!
還偷拍那麼多!

哈！他連你阿公打瞌睡也拍！
他沒當狗仔太可惜了吧！
哈哈哈！連我玩食物都被拍到！
哈哈！妳看妳——翻白眼耶！
哈哈哈！好醜喔！
我看不見那是什麼。
可能像風一樣。

但我很清楚
它從我心裡經過。
而我希望
它能停留久一點。
用九商店

第四話。

土地公拐仔

人不能沒有土地，請土地公有空時來看顧一下吧。

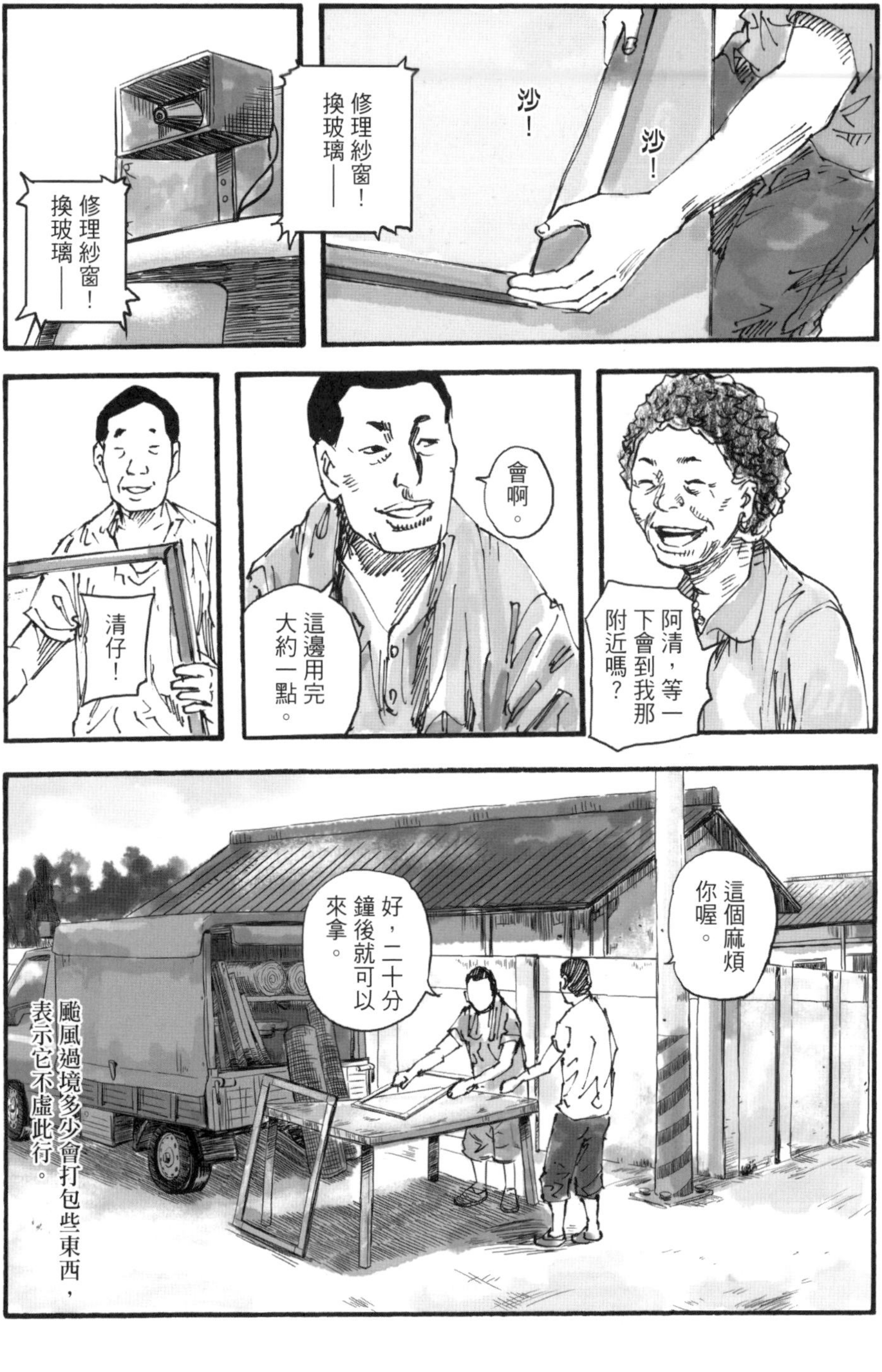
沙！
沙！
修理紗窗！換玻璃——
修理紗窗！換玻璃——
阿清，等一下會到我那附近嗎？
會啊。
這邊用完大約一點。
清仔！
這個麻煩你喔。
好，二十分鐘後就可以來拿。
颱風過境多少會打包些東西，表示它不虛此行。

還好，根還在。
噠！
唔！早安。
早。
你的手傷沒事吧？

小擦傷，還好。
嗯。
俊龍哥早！
鳳玉早啊——
家裡都平安無事吧？
都平安，只是門口那棵芒果樹倒了。
鳳玉早。
昭君姊早……妳這麼早就來啦？
昨晚本來要騎車送她回去，結果一出發就犁田，所以留下來過夜。

不好意思，害你受傷，車子看報修多少，我再給你。
沒關係啦——
喂！鳳玉！
呃！
OK，妳坐一下，我去拿。
恍神喔——我問你要買什麼？
喔！呃……我要買肉鬆跟花生麵筋。

阿芬呢？一般不都是她來買的。
阿嫂最近跟水昆嬸學種菜。
好肉鬆
!!!!!!???!!!!!!???!!!!!!???!!!!!!???
為何……這麼驚慌？
小學不是要用棉花種豆芽嗎？
咕嚕——
她是全班唯一把棉花跟豆芽都種死的人。
用九商店

來吧！開始種吧！
啊！阿芬等等，要先整地。
高麗菜是淺根蔬菜，泡水就壞了。
喔喔！
颱風把土埂都沖散。
我們得先堆高田埂挖好排水。
吉誠，你果園如果要忙就去喔。
這次還好沒什麼損失。
哈！希望不會發生比那次更悽慘的狀況。
都這樣吧，天公伯會拿走些東西。

不過祂也會找機會補還給你。
啊！
好像又會下雨，這樣會不會做白工？
很多時候做白工不只是因為天氣……
有些情況真的讓人捶心肝。
但是捶完還是要放下情緒。

啪！
沒辦法——土地本來就不需要人。
但是，人在世不能沒有土地啊。

呼！
呼！
呼呼！總算立起來了。
恁老師咧——夭壽吃力！
呼——我不行了！
阿達仔，謝謝你出動吊車耶！
三八兄弟！謝啥潲啦——
我有事先走，剩下交給你們！
慢走嘿！

不知道明年會不會結芒果？
有救回來就萬幸了。
阿忠！你要顧好喔。
這棵意義非凡不能倒。我們是芒果樹三結義耶！
哈哈哈！國中時好中二喔。
沒中二怎麼升中三啦——

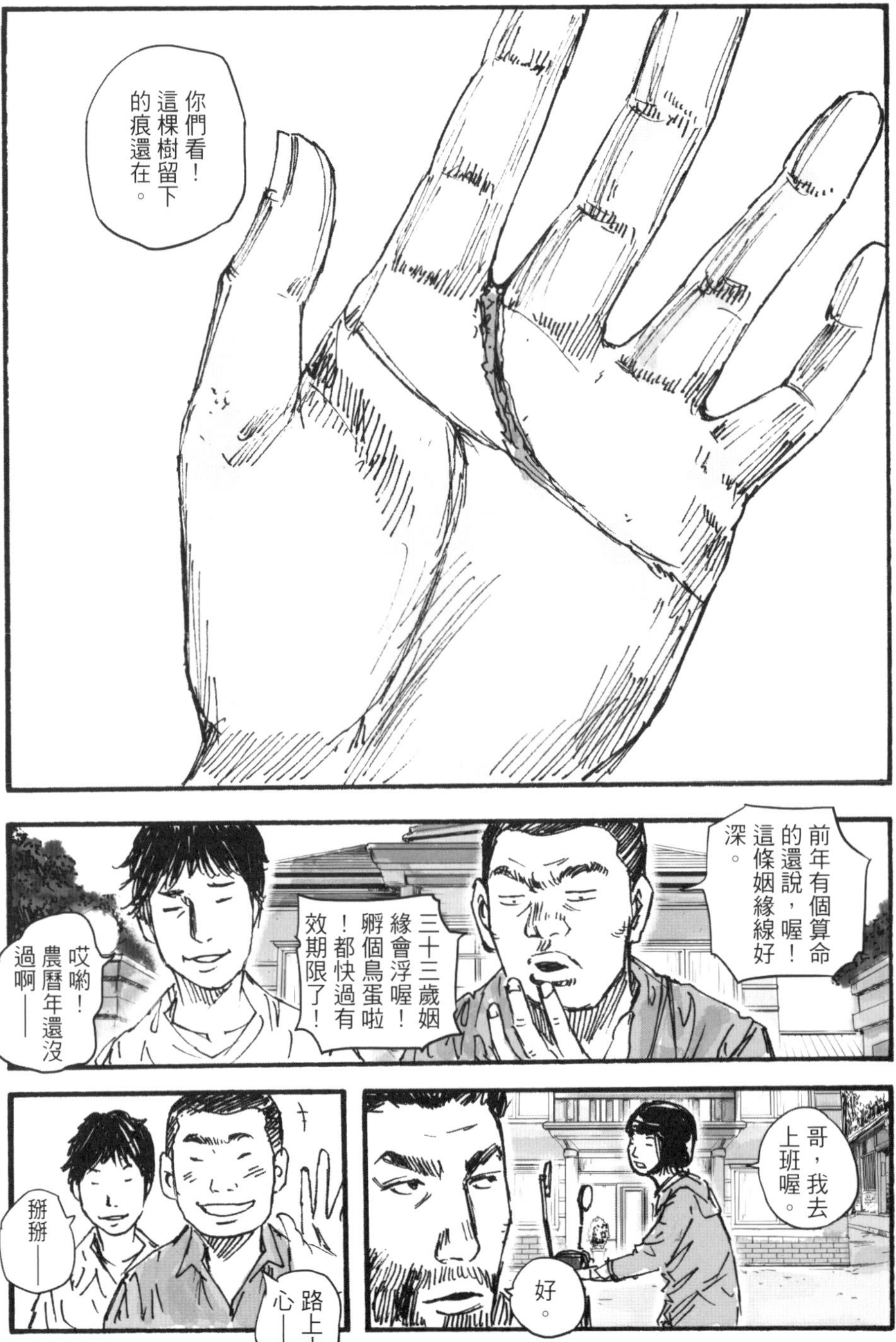
你們看！這棵樹留下的痕還在。
前年有個算命的還說，喔！這條姻緣線好深。
三十三歲姻緣會浮喔！孵個鳥蛋啦！都快過有效期限了！
哎喲！農曆年還沒過啊——
哥，我去上班喔。
好。
路上小心——
掰掰——

嗯——掰掰！
鳳玉決定了。
決定什麼？

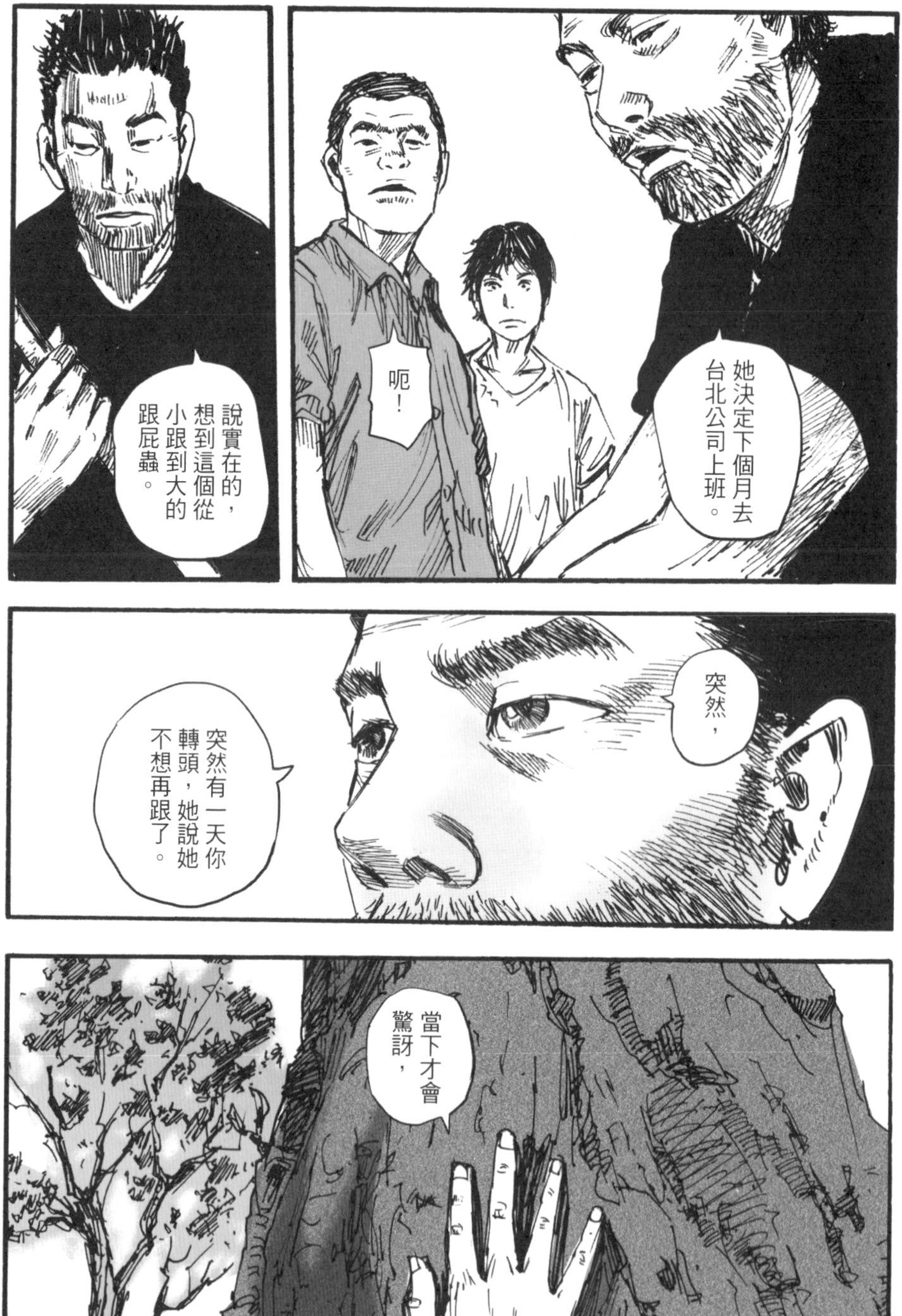
她決定下個月去台北公司上班。
呃！
說實在的，想到這個從小跟到大的跟屁蟲。
突然，
突然有一天你轉頭，她說她不想再跟了。
當下才會驚訝，

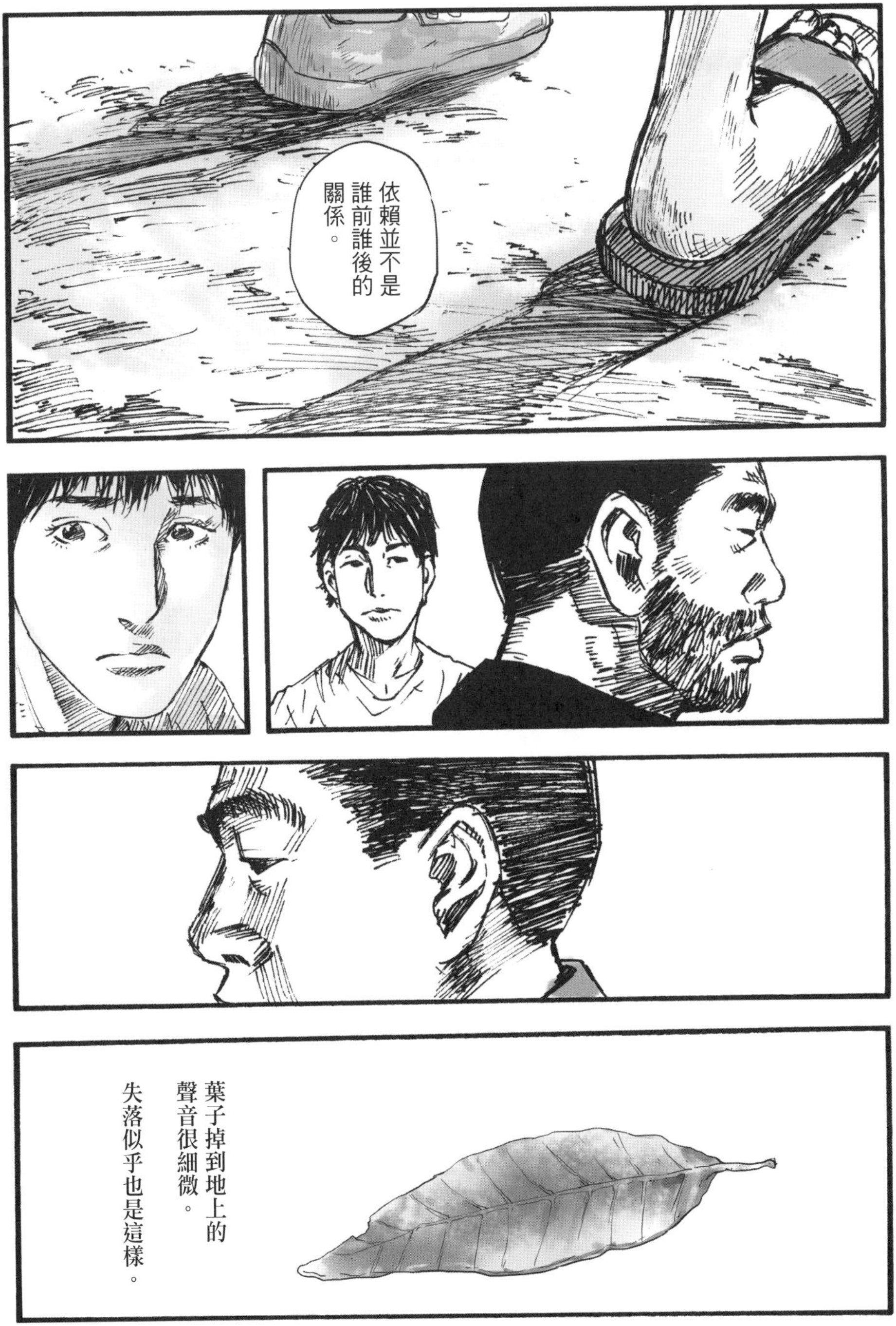
依賴並不是誰前誰後的關係。
葉子掉到地上的聲音很細微。
失落似乎也是這樣。

嚓！
吉誠叔，這是什麼？
是土地公拐仔。
土地公歲數大，做這個方便祂行走。
噗哈！是要請土地公來幫忙喔——

是啊。請土地公有空時過來看顧一下。
以前都是農曆八月十五土地公生日時來立土地公拐的。
不過現在新一輩的很少這樣做了。
好了，我們開始吧。

這些初秋高麗菜苗是我之前育苗的。
高麗菜品種很多，初秋跟陸麟都是六十天期的。
秋、冬兩季都算盛產期。
妳水昆伯常說，高麗菜就像是種菜人的樂透。
時間點對了，收入是很可觀的。
呵！這可能連老經驗的人都很難說得準耶。
常有人算不如天算的事發生。
但如果供過於求，慘到一顆賣三塊，那就連本都蝕光了。
呃！那我們現在的時機是對的嗎？

阿芬，等一下我邊做，妳就跟著做。
好。
像這樣每一畦的間隔有淹一點水較好。
因為蚜蟲大多是螞蟻帶進來的，水可以阻止螞蟻。
也有人用32目的白網鋪在種植的土表面。
可防蟲，也可抑制雜草生長。
我好像看過，我以為那是塑膠袋耶。
那萬一有蟲怎麼辦？噴農藥嗎？
盡量不要用藥，土是活的，也會呼吸。
有時會用蘇力菌，它是專門殺昆蟲的。
有時也會用九層塔、蔥、蒜灑在四周驅蟲。

※蘇力菌：屬生物性殺蟲劑。這種昆蟲病原細菌所產生的結晶毒蛋白，具有殺蟲效果。

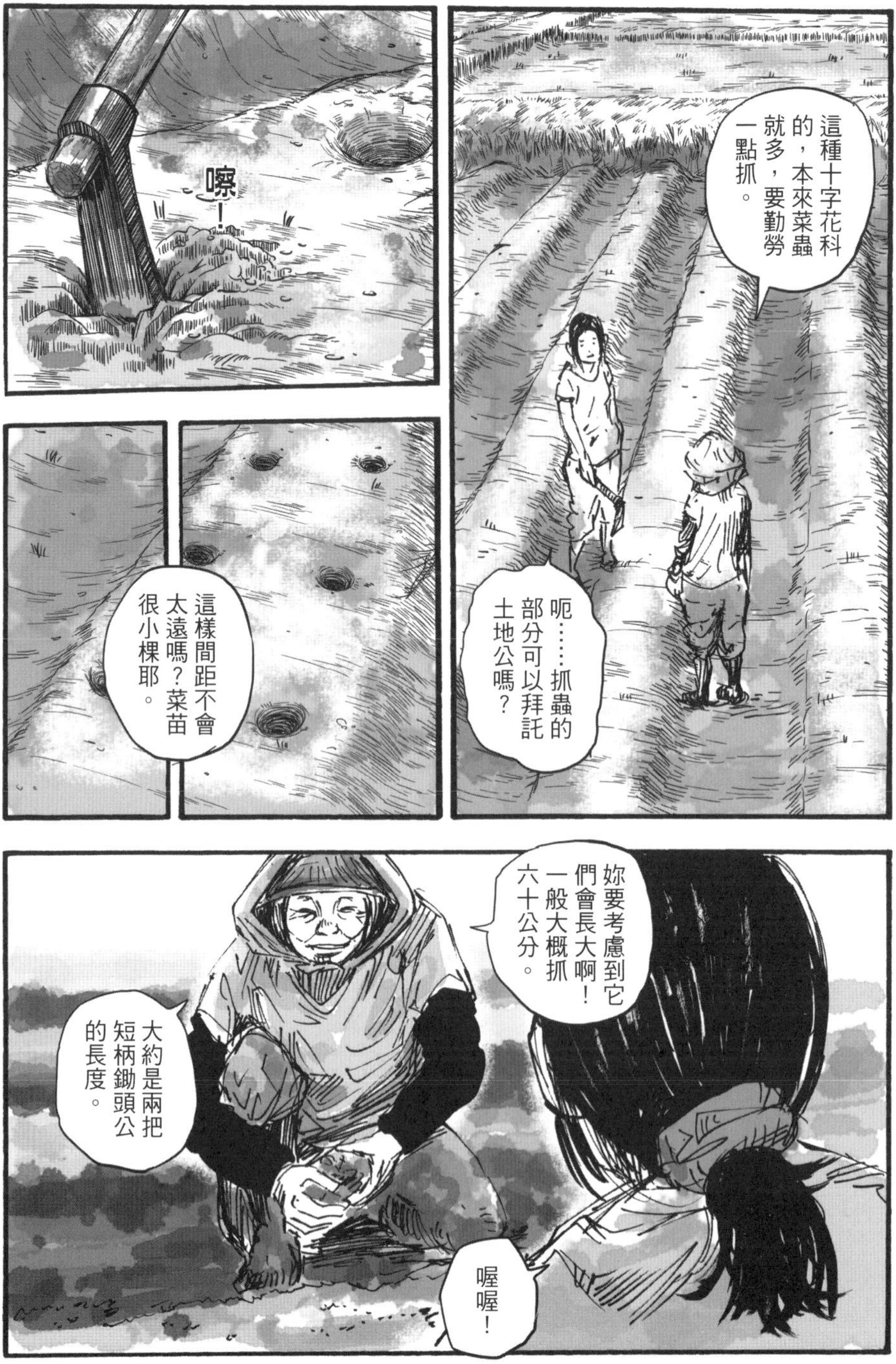
這種十字花科的，本來菜蟲就多，要勤勞一點抓。
嚓！
呃……抓蟲的部分可以拜託土地公嗎？
這樣間距不會太遠嗎？菜苗很小棵耶。
妳要考慮到它們會長大啊！一般大概抓六十公分。
大約是兩把短柄鋤頭公的長度。
喔喔！

※鋤頭：寬面稱鋤頭，窄面稱鋤頭公。短柄約35公分，長柄可達40公分左右。

淺根的蔬菜不用把根埋太深。覆土後，手在旁邊輕壓一下。
大概三十天就會定植，初期兩、三天澆一次水就好。
我來試試——
先挖個小洞，菜苗這樣放進去……
然後咧？
把旁邊的土覆上，然後……
妳剛剛不是看過嗎？妳就用拇指、食指、中指併在一起，
輕輕的壓一下。

某耶！妳剛剛腦子有閃過我吼——當年我就是用這招「含羞草」把妳擄獲的。
嘿嘿嘿！別吃醋喔，我純粹是經驗傳承。
……嗚……
嗚嗚……

唔！水昆孏怎麼哭了？我種壞了嗎？
嗚嗚……不是……
……

唉——
你聽說了嗎？
用九商店

下個月對面要動工了。
聽說啦，要蓋超級市場。
然後還聽說，又要開條路到這裡。
好好的一塊地，就這樣被五馬分屍。
你還記得嗎，小時候眼前這裡有一棵很大的茄苳樹，樹過去有個防空洞。
每回只要跑到那棵樹下，心裡就覺得安全了。
中學時，為了種甘蔗，人們把樹砍了。
我結婚時，甘蔗園變成稻田；然後，稻田又變成三合院……

眼前這些事，我們都看一甲子了。
還是會看不慣，心裡還是會唏噓。
再過一甲子，眼前看到的會是什麼景色？
看不到了……
希望下次來，天空不要變灰灰的就好。

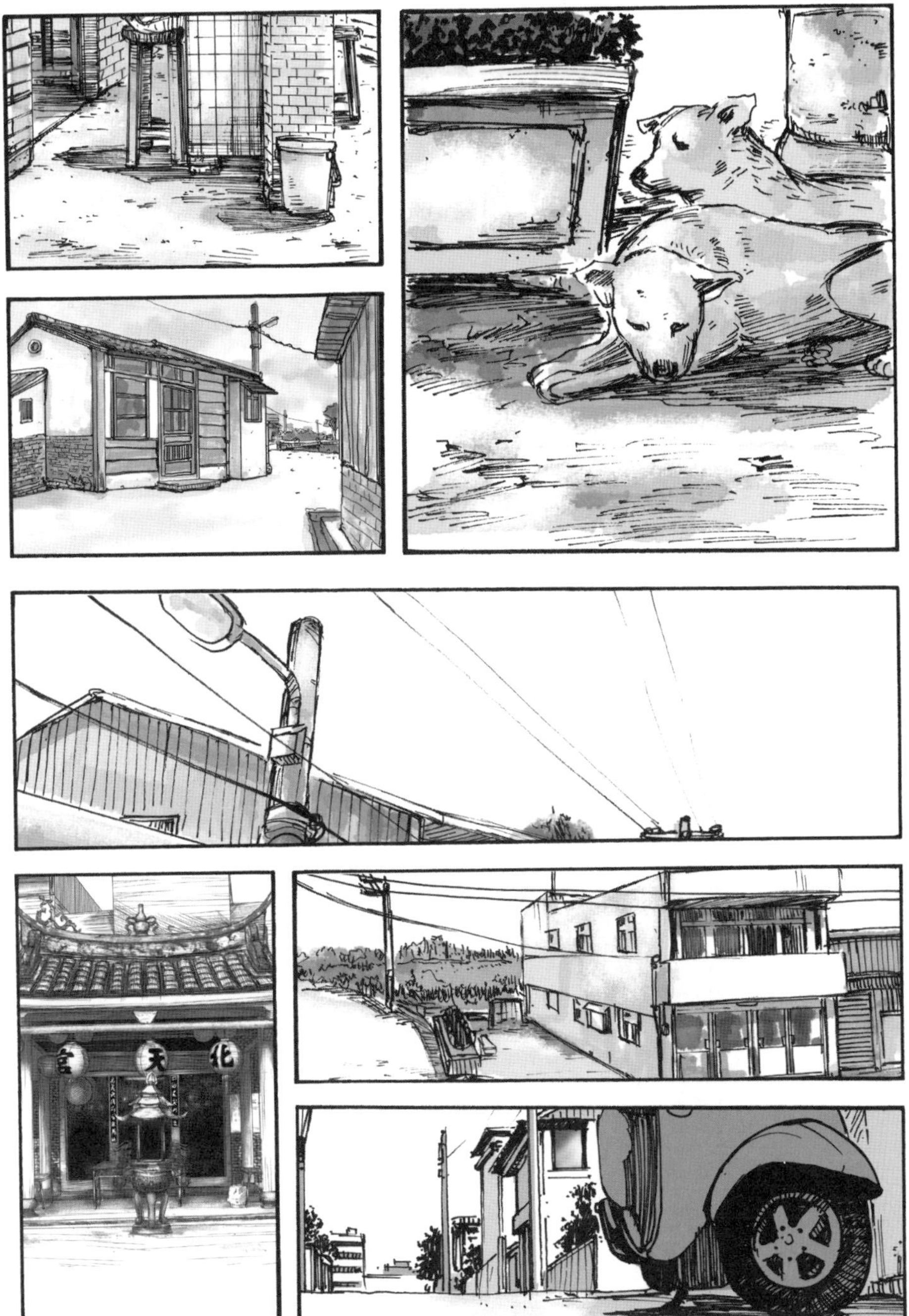
化
天
宮

這顆地球儀鳳玉說要送你，放在二樓給小孩用。
喔！你沒去送她？
她說不准啊，要我們照平常生活。
她說這樣比較不會感覺自己要離開。
怕哭就直說啊！不知道在盧什麼？
這個散形的不會上了車才發現忘記東西吧……
這麼笨，如果被騙怎麼辦？
也不清楚房東人品怎麼樣？
剛去壓力很大吧？她一緊張就胃痛……
健保卡應該有帶吧……
我發訊息問一下……
我沒打斷阿忠的嘮叨。平常很難看到他表現出這一面。

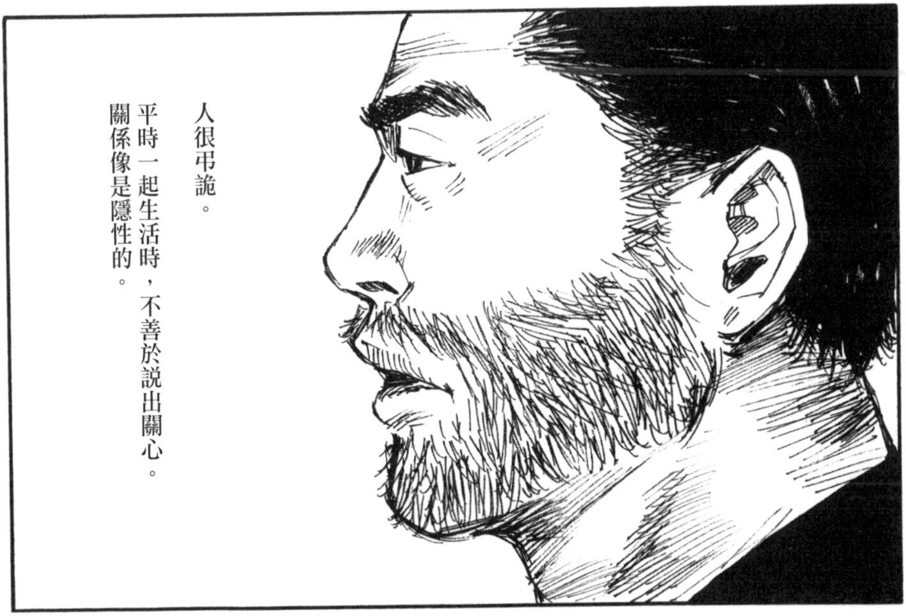
人很弔詭。
平時一起生活時，不善於説出關心。
關係像是隱性的。

也許就像是地球自轉的離心力。
轉著、轉著，身邊總會有人離去。

離開後，
隨著距離變遠，
關係反而漸漸地轉為顯性了。

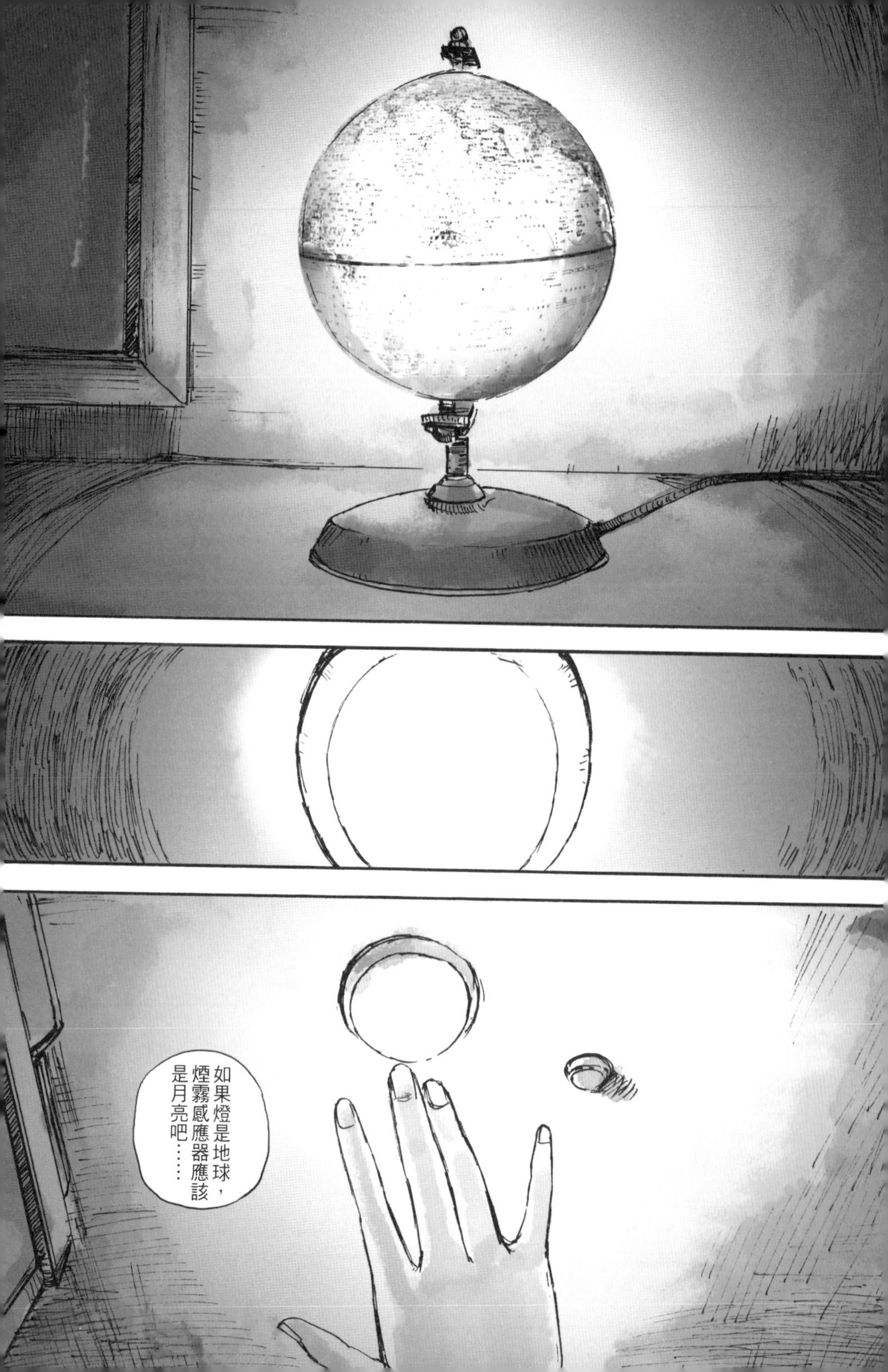
如果燈是地球，煙霧感應器應該是月亮吧……

呼——
……嗚……
那我現在是……在火星上吧……

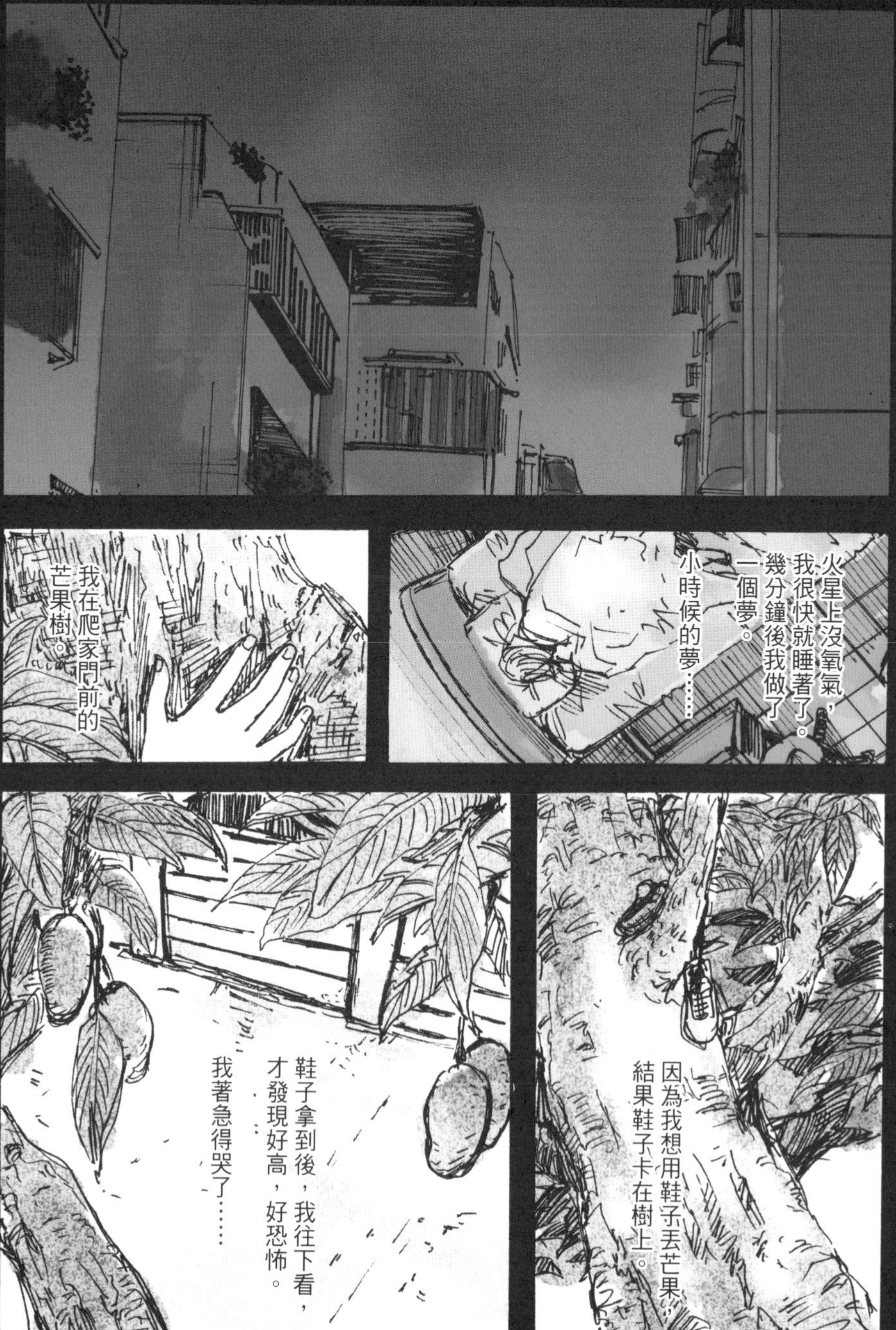
火星上沒氧氣，
我很快就睡著了。
幾分鐘後我做了
一個夢。
小時候的夢……
我在爬家門前的
芒果樹。
因為我想用鞋子丟芒果，
結果鞋子卡在樹上。
鞋子拿到後，我往下看，
才發現好高，好恐怖。
我著急得哭了……

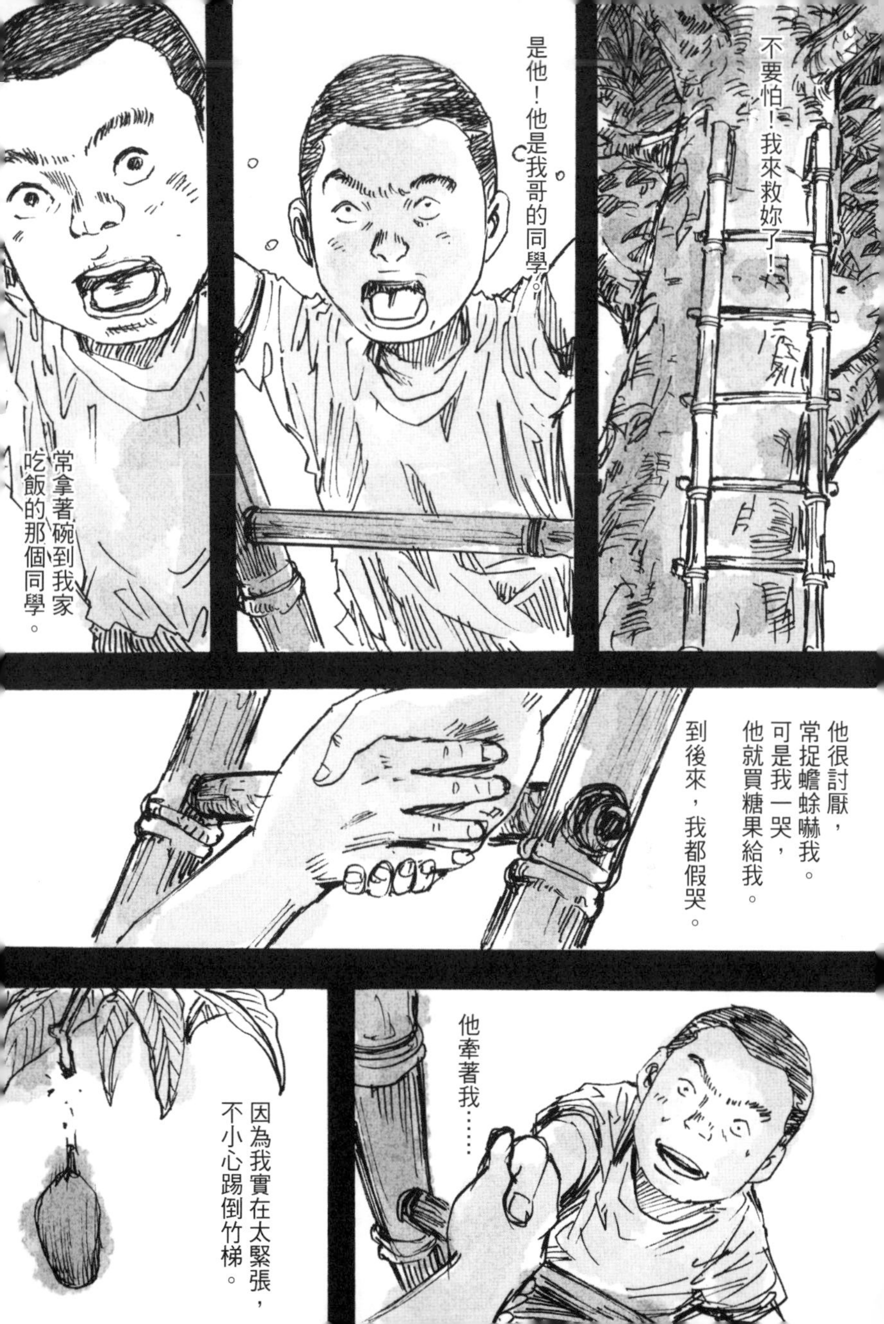
不要怕！我來救妳了！
是他！他是我哥的同學。
常拿著碗到我家吃飯的那個同學。
他很討厭，常捉蟾蜍嚇我。可是我一哭，他就買糖果給我。
到後來，我都假哭。
他牽著我……
因為我實在太緊張，不小心踢倒竹梯。

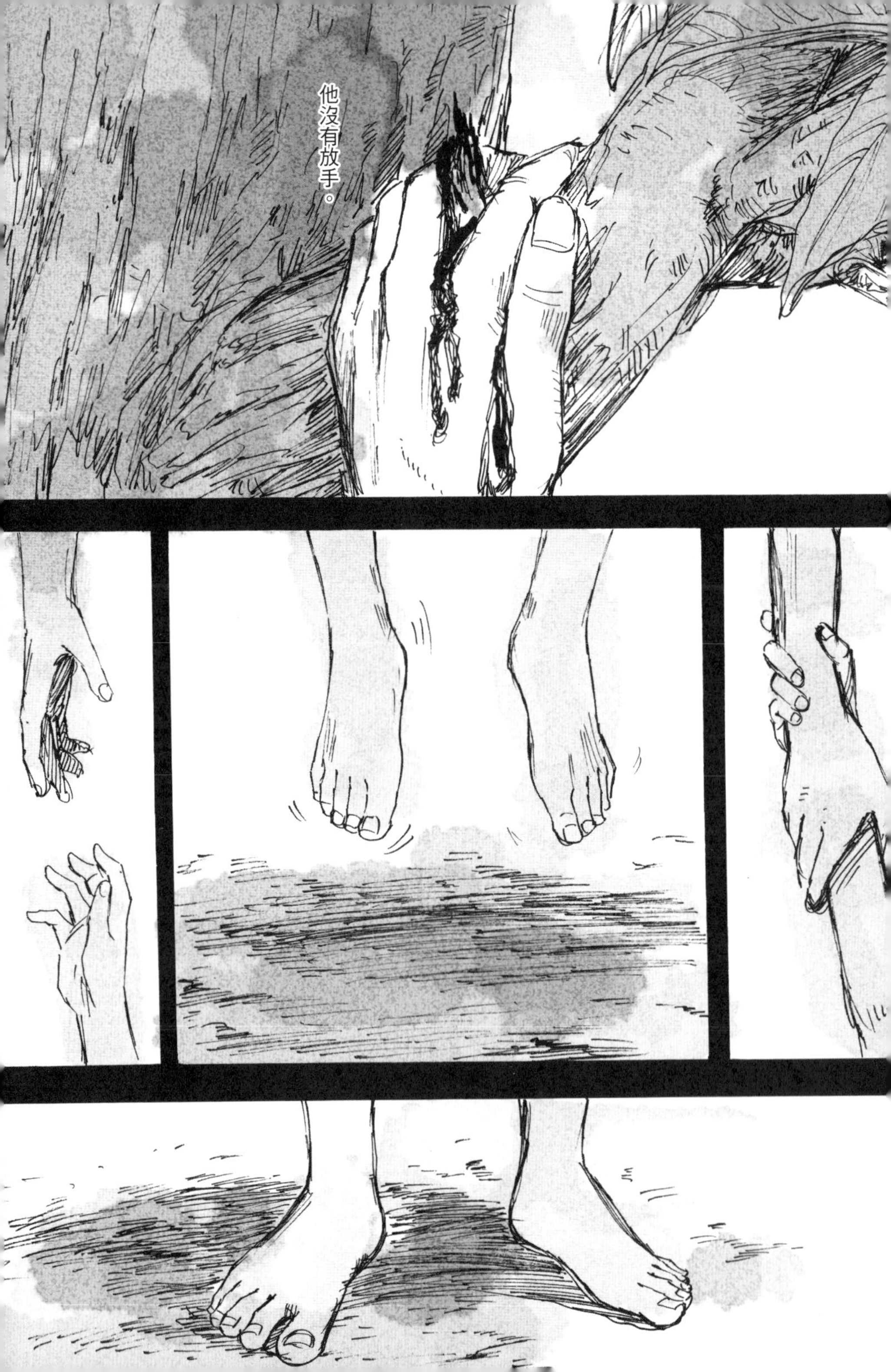
他沒有放手。

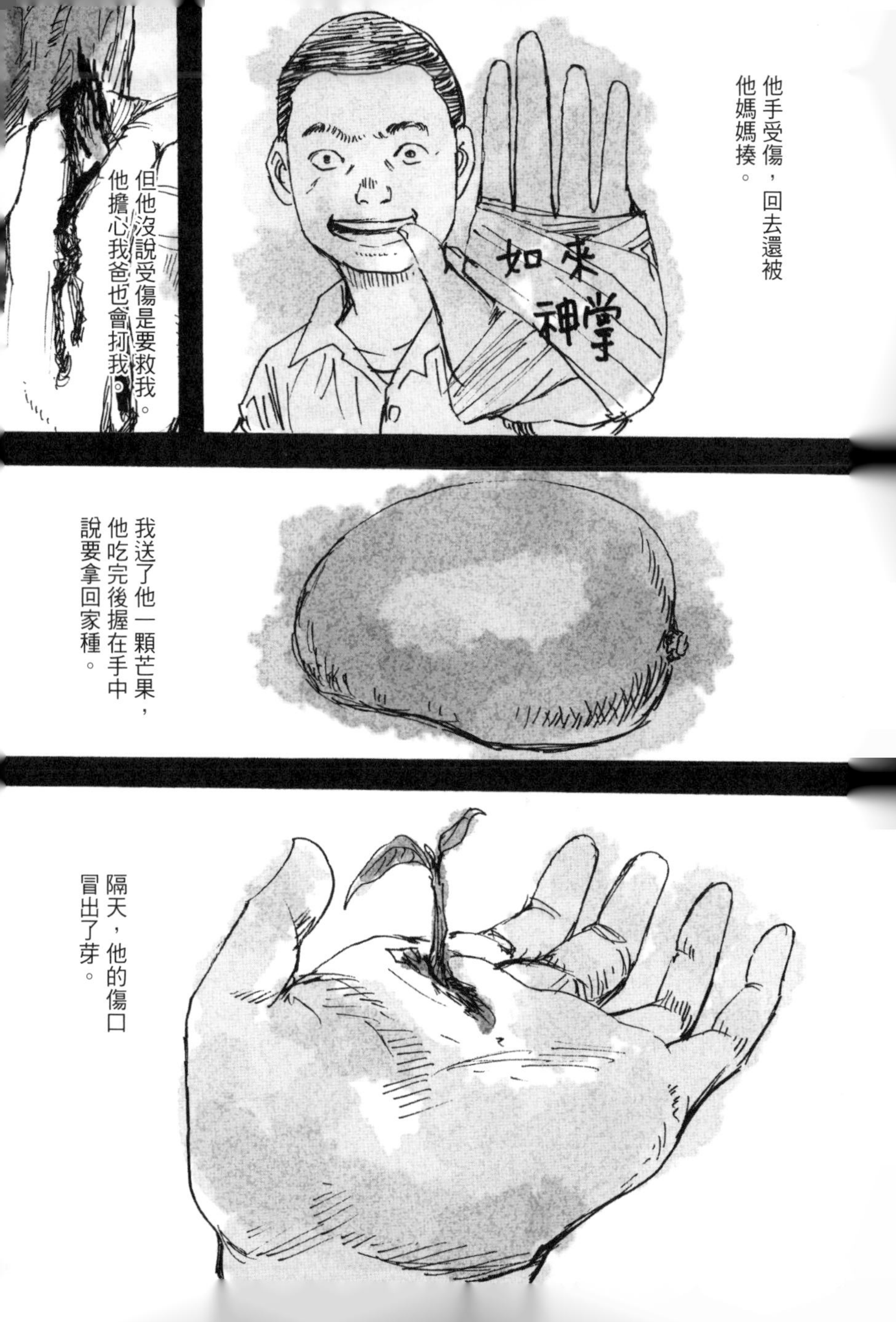

他手受傷，回去還被他媽媽揍。
如來神掌
但他沒說受傷是要救我。他擔心我爸也會打我。
我送了他一顆芒果，他吃完後握在手中說要拿回家種。
隔天，他的傷口冒出了芽。

呼！呼！媽呀，好詭異，這是什麼怪夢……
嘖！
4:00
睡不著了……
喀啦！

100吵翻天熱炒
宜康藥局
100吵翻天熱炒
唔！有點冷——
這個時間哥他們在演奏了吧。一個磨牙，阿嫂在打呼，然後小慶……

吸！
OK
唔！要忍住——
叮咚！
一杯中熱拿。
四十五元，收妳一百。

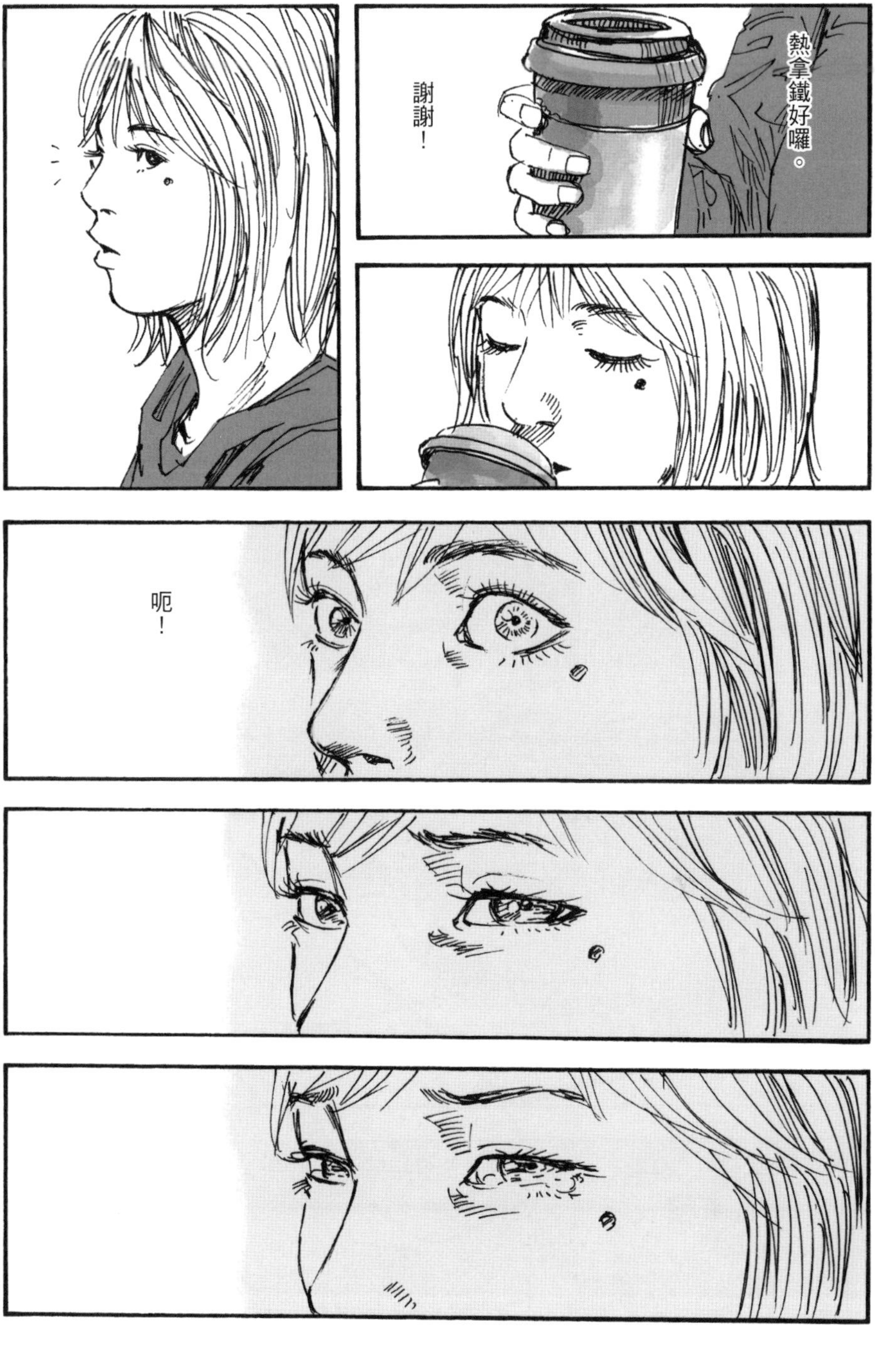
熱拿鐵好囉。
謝謝！
呃！

呼嚕——
呼嚕——
手机沒電
煩請5点叫我!!
謝ㄅ~

第五話。

買賣的價值

買賣應該是暖的，像自然的光合作用。

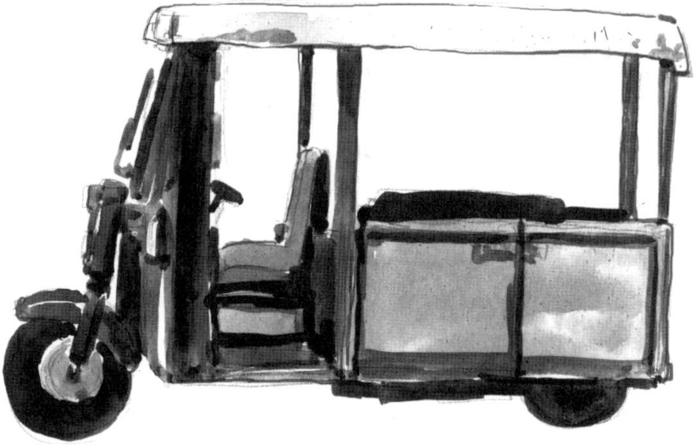

……
交通違規單
超速

咿——
好恐怖喔——
哈哈！阿芬妳也太可愛了，用筷子抓蟲。
呵呵呵！超可怕的啊——
媽！妳看！

我抓60隻了喔！
很厲害吧！
哇啊啊啊！不要靠過來！快拿走啦！
放生——
不是叫你放生啦！
呵！變得好熱鬧。
是啊——
快把牠們都抓回桶子裡！
喔！

阿玉早啊。
房東太太早安。
慢慢適應了。
兩個禮拜了，都還習慣吧？
嗯！

大喜
燒臘
兩金大仔，晚上要去「小娘娘」鬆一下嗎？
我有事，你們去就好。
哎喲！拒絕小娘娘。你轉性囉。
兩金大仔要去找北鳳玉，捨棄南娘娘。
揹！哭爸喔！快做啦！

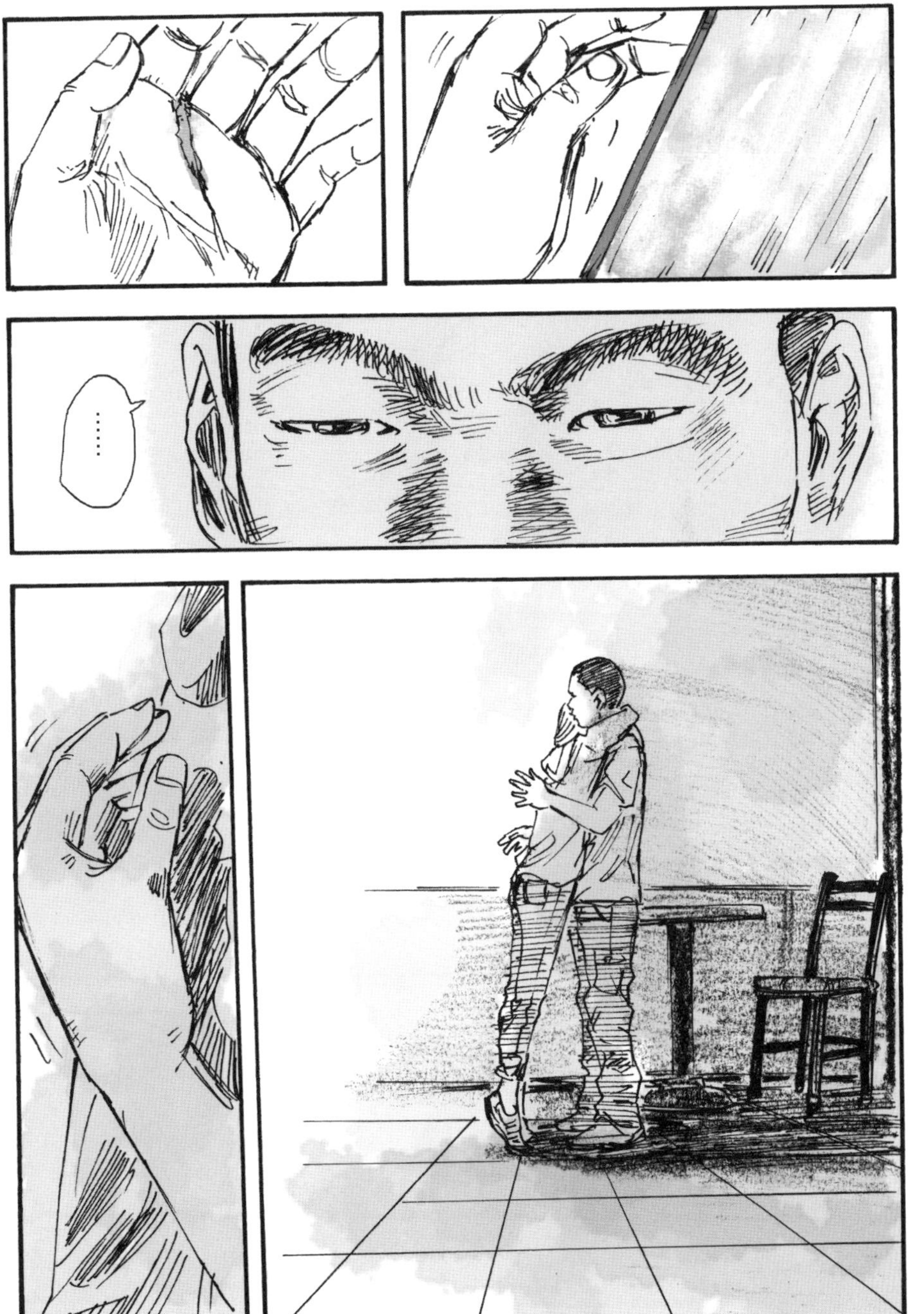

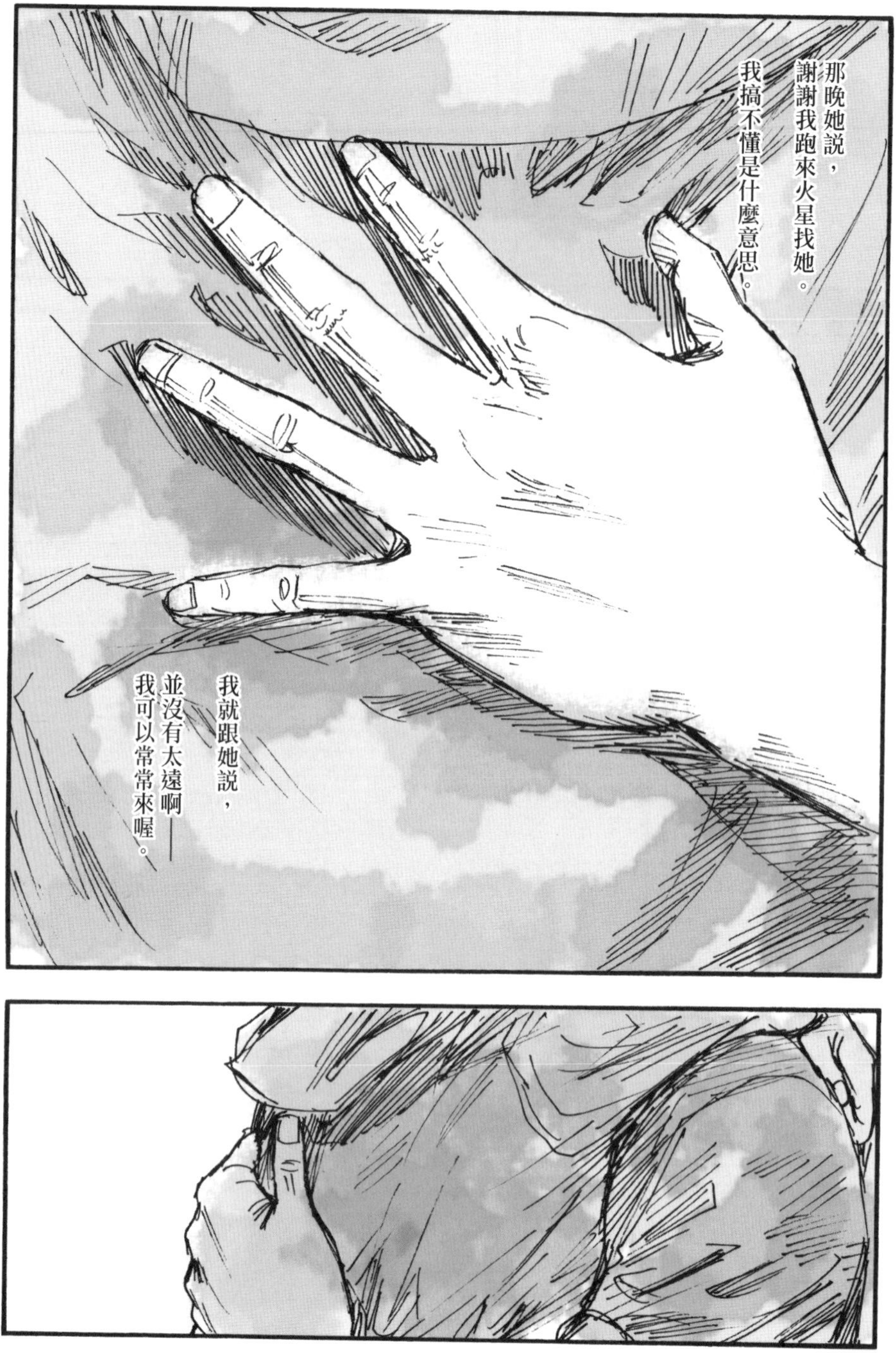
那晚她說，
謝謝我跑來火星找她。
我搞不懂是什麼意思。
我就跟她說，
並沒有太遠啊——
我可以常常來喔。

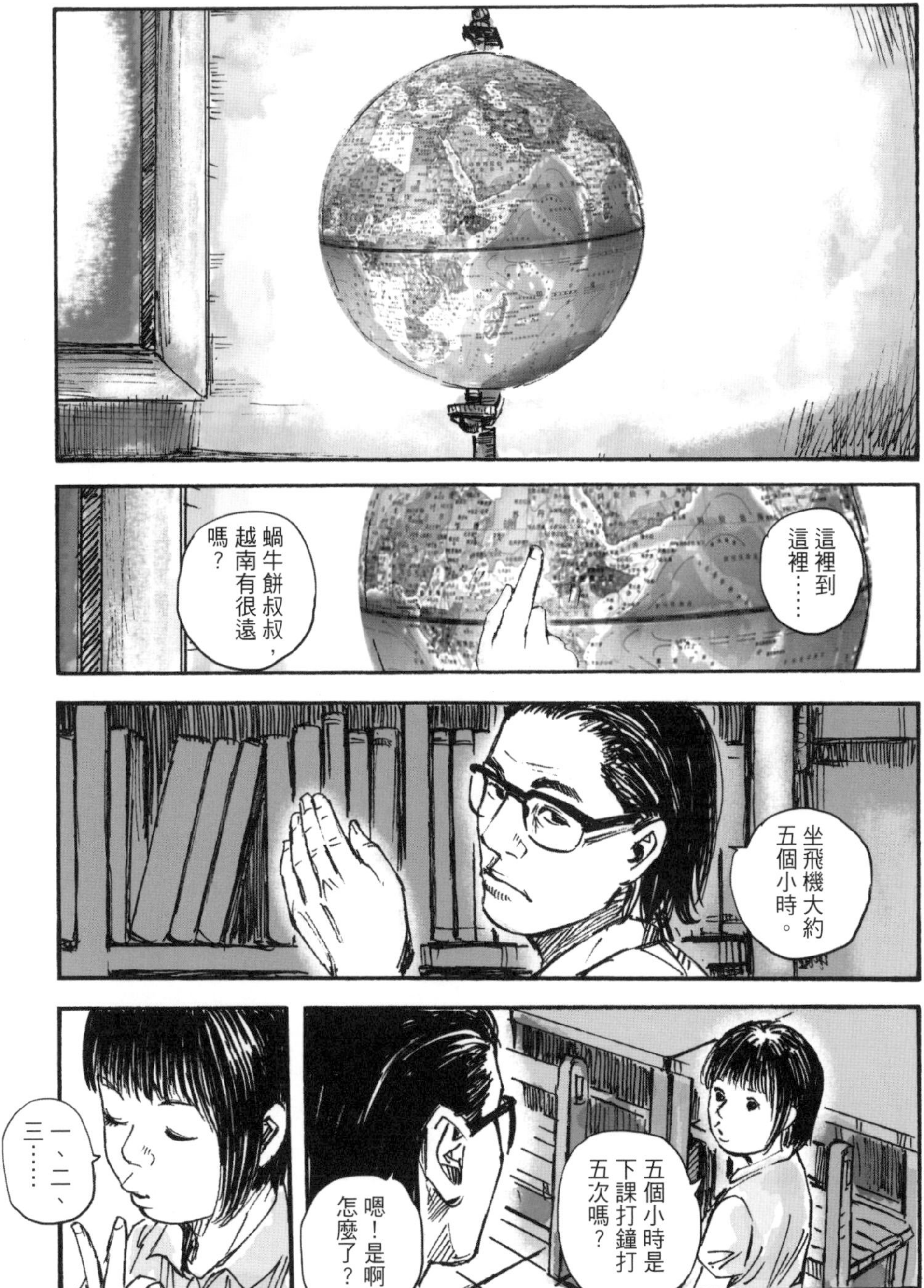
這裡到這裡……
蝸牛餅叔叔，越南有很遠嗎？
坐飛機大約五個小時。
五個小時是下課打鐘打五次嗎？
嗯！是啊。怎麼了？
一、二、三……

這樣我再上五天課，再打五次鐘，媽媽就回來了。
嗯……
啊！小婷妳的「習」字寫錯了。
妳寫的是休息的息。
真的喔！
這個才是練習的習。
哈！好佳哉，在考試前發現。

天啊，妳錯字不少耶。
我爸媽都沒看出來耶。
我幫妳訂正好了。
妳每個字練習寫十遍，邊寫邊念。
好啊！我討厭每次都是倒數第二名。
蝸牛餅叔叔，你真是我的救命恩人。
哈哈！妳用詞太誇張了。
媽呀——已戀愛。不！是整個在愛河溺水了呀——
啊！俊龍哥……
不去送信，在這偷窺！
我……我是打算上來整理書櫃的！
好喔，妳說的。以後交給妳囉。

按怎？有帥吧！
哇！
讚喔！
我爸去世後，這台就沒在用了。
我把它整理一下，給你們用。

喀啦！
這樣你們上下車比較方便。
喔喔！這個設計有讚！
我在側邊開了一個門。
揹！阿忠你設想周到耶！
是俊龍想的啦，我負責做。
你們要試車嗎？

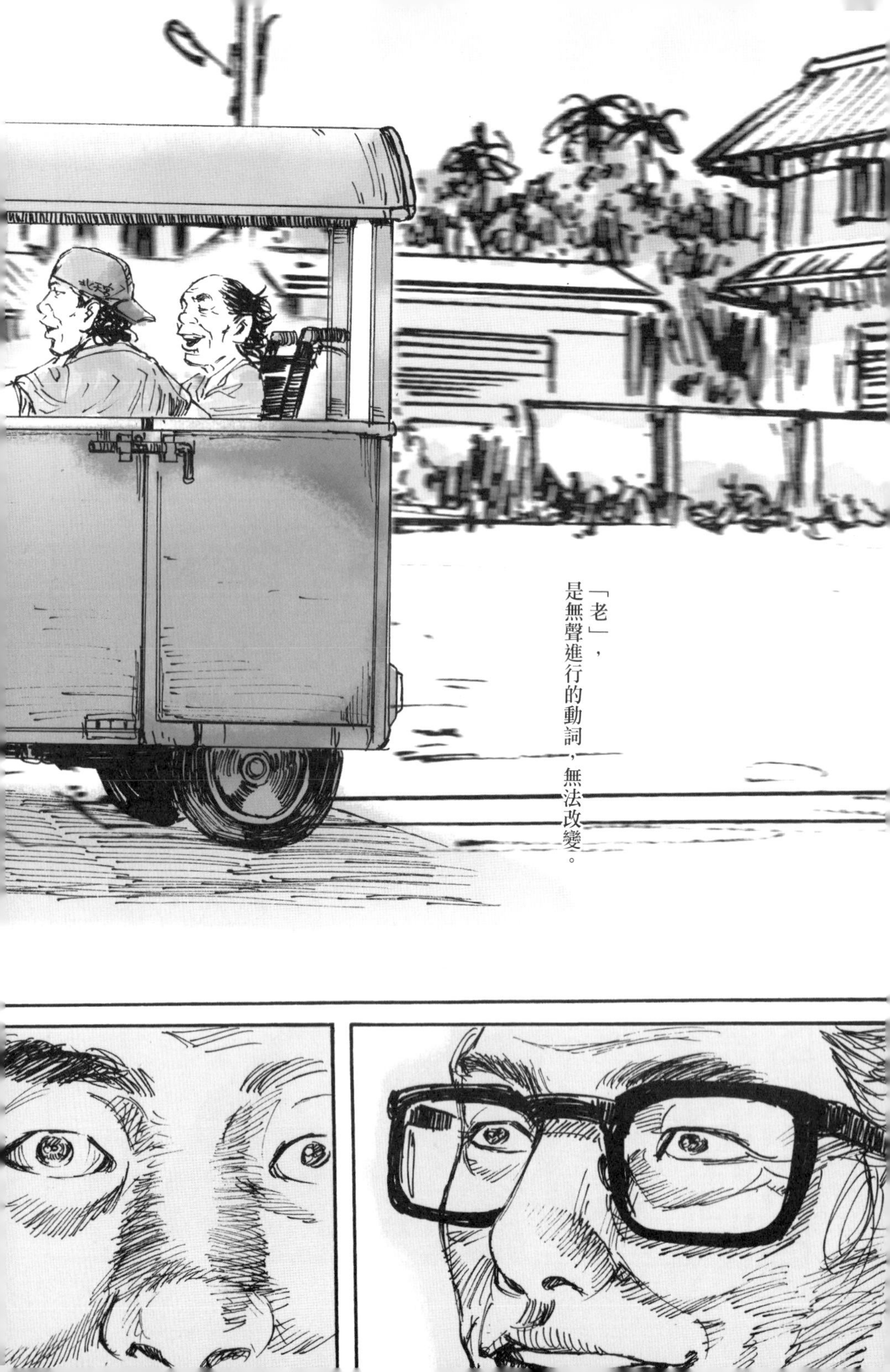
「老」，是無聲進行的動詞，無法改變。

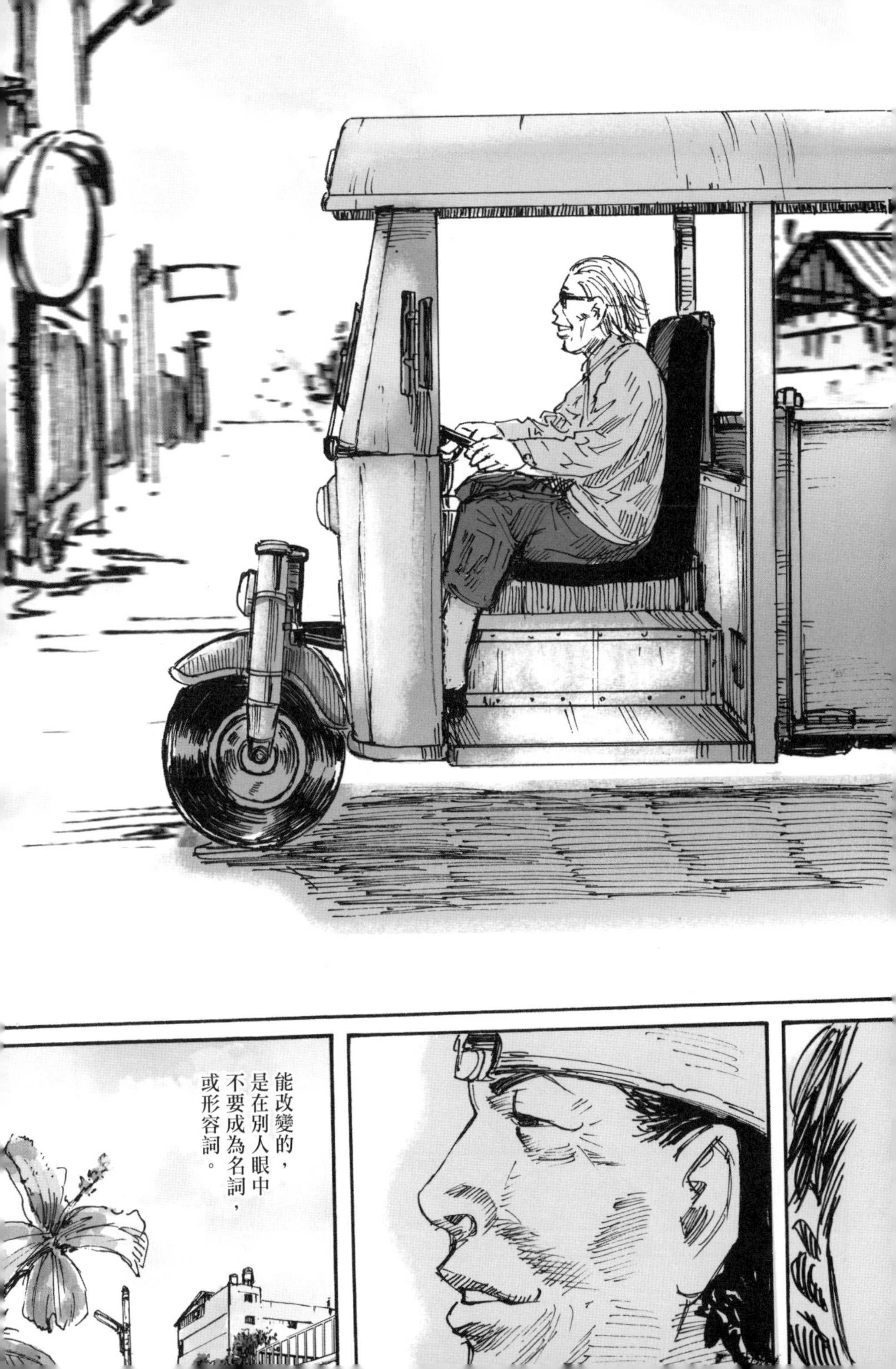
能改變的，
是在別人眼中
不要成為名詞，
或形容詞。

菸酒
零售商
40406
用九商店

嗯哼哼——啦啦啦——
嗯哼哼——啦啦啦——
啦啦——哼哼——
哇啊啊！你什麼時候站在這的？
從第一個哼開始。音色不錯啊！
喂！那個——

哇啊啊！臭火焦了！
都是你害我分心！
青椒變黑椒了……
俊龍！
唔，豆油伯！今天怎麼有空來？
孫子回來啊，帶他出來走走。
喔！你幾歲？
六歲了！
我順道拿東西來給你。

還記得嗎？
我送你回來接柑仔店的禮物。
古法釀造
油
壺底油膏

記得……當然記得啊。

※交關：閩南語「買賣、惠顧」之意。

經濟學，市場學，報酬率……
我仍一知半解，也沒有動力想去搞懂。
可能是因為在這裡，你清楚價格標籤後包含很多無法用錢衡量的東西。
買賣的互動多了一種用心才能感受的循環。
用九商店
是一種自然的循環。
嘎嘎！
阿媽！有挖古機耶！
哈哈！臭奶呆！是挖土機。
也許阿佑的發音沒錯……

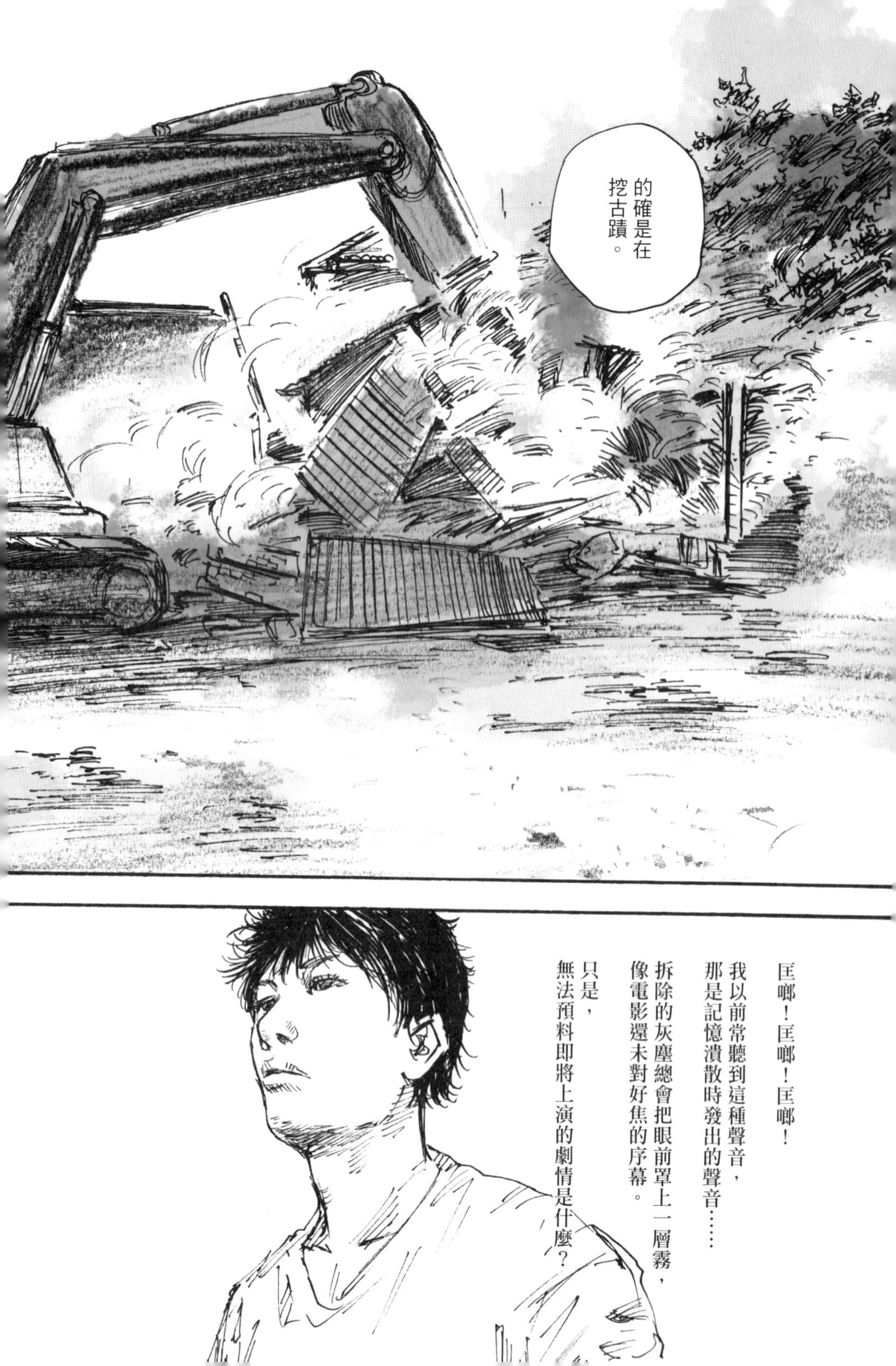
……
的確是在
挖古蹟。
匡啷！匡啷！匡啷！
我以前常聽到這種聲音，
那是記憶潰散時發出的聲音……
拆除的灰塵總會把眼前罩上一層霧，
像電影還未對好焦的序幕。
只是，
無法預料即將上演的劇情是什麼？

把自己丟進故事裡繼續說下去

我想我該去補貨了。每次結束完一回稿子，腦子就會冒出類似的話。

面對空白草稿，必須在腦袋裡翻箱倒櫃尋找故事，經常苦惱要如何說下去，而且要讓大家保持想聽下去的興致。有夠難的啦！我體會到「萬事起頭難」所說的「難」，或許不僅是指開頭不容易，開了頭以後如何延續才是更大挑戰。相比之下，開始一個全新的故事倒還容易些。從前從前……古早古早以前……以前我都是這樣騙我弟睡覺的。

表面上，似乎是編劇的人在操控故事裡面的角色，如同老天爺在雲端看世界，偶爾撥弄一下手上操縱的線。但我總覺得這樣好置身度外，所以習慣像乩童請乩般地把自己丟到故事裡去當那個人。但這也有缺點，因為身在其中反而容易拘泥看不清。這時編輯大大就很重要了，她們是遞樓梯的，讓我可以爬上幾階換個高度看一下。

她們會說，俊龍快變邊緣人囉！旁邊的配角個性都比他鮮明喔！

我說我知道啊，可是俊龍就在我耳邊說：我這個人就是這樣啊，要是可以我也想嗨一點，有個性一點！接著大鼻芬就會插嘴：沒錯！俊龍就是很悶騷！如果沒有我們這些人在旁邊敲鑼打鼓，他的人生就是默劇，而且是黑白的那種！好啦！閉嘴啦！沒看見我在跟人開會喔！等開完會再說！所以編輯基本上是跟一個精神分裂者開會呢……

編輯是辛苦的——時常要幫我看前顧後，我經常會忘記角色叫什麼；要站在理智面分析，幫我確認引述是否正確；然後三不五時還得面對我的固執（嗯，不對，不是我，是角色們）；

又要耐心地等待想不到下一回故事的我。完全就是陪烏龜散步的感覺。說到散步，用九也緩緩走到第二集了。有人說，跟心愛的人要在雪中散步，因為走著走著，兩個人的頭就一起白了。我覺得跟大家比較像在田埂散步，邊走邊撒些種子，邊偷摘東西吃，偶爾一腳踩進爛泥再被拉起。非洲有句俚語：「一個人走得快，一群人走得遠。」謝謝大家一直陪我走啊。希望你們喜歡第二集，我等等要再去跟俊龍他們開會了，看之後他們要把用九搞成什麼樣子……

那個……妳有沒有覺得，每次開會，會議室不只有三個人……
驚！阿娘喂！原來妳也感覺到了，怪不得冷颼颼地……

Taiwan Style 46

用九柑仔店 ②聽見發芽的聲音

Yong-Jiu Grocery Store vol.2

作　　者／阮光民

編輯製作／台灣館
總 編 輯／黃靜宜
主　　編／張詩薇
美術設計／丘銳致
企　　劃／叢昌瑜、葉玫玉

發 行 人／王榮文
出版發行／遠流出版事業股份有限公司
地址：台北市 100 南昌路二段 81 號 6 樓
電話：（02）2392-6899
傳真：（02）2392-6658
郵政劃撥：0189456-1
著作權顧問／蕭雄淋律師
輸出印刷／中原造像股份有限公司
□ 2017 年 3 月 1 日　初版一刷
□ 2021 年 1 月 10 日　初版四刷
定價 240 元

ISBN 978-957-32-7952-5
YL 遠流博識網 http://www.ylib.com E-mail: ylib@ylib.com